11/03
12/07

C
14.95

# Las historias prohibidas de Marta Veneranda

# Las historias prohibidas de Marta Veneranda
## (Cuentos)

Sonia Rivera - Valdés

Siete Cuentos Editorial, Nueva York

© 2001 Sonia Rivera-Valdés

Primera edición E.E.U.U.: Noviembre de 2000

Seven Stories Press/Siete Cuentos Editorial
140 Watts Street
New York, NY 10013
http://www.sevenstories.com

En Canada: Hushion House, 36 Northline Road, Toronto, Ontario M4B 3E2

En G.B.: Turnaround Publisher Services Ltd., Unit 3, Olympia Trading Estate, Coburg
Road, Wood Green, London N22 6TZ

En Australia: Tower Books, 9/19 Rodborough Road, Frenchs Forest NSW 2086

Library of Congress Cataloging-in-Publication Data

Rivera-Valdés, Sonia
          Las historias prohibidas de Marta Veneranda/Sonia Rivera-Valdés
    —Seven Stories Press
              p.cm.
          Includes index.
          ISBN 1-58322-053-4
          1. Título

PQ7079.2.R55 C84 2000
863'.64—dc21

                                                              00-032938

9 8 7 6 5 4 3 2 1

Profesores de universidad pueden obtener ejemplares para revisión sin costo alguno,
por un periodo de seis (6) meses, directamente de Siete Cuentos Editorial/Seven
Stories Press. Para hacer su pedido, por favor ir al www.sevenstories.com/textbook,
o enviar un fax en el papel oficial de la universidad al 212 226 1411.

Tipografía y diseño: Manuel O. Brito


Impreso en Canada

# Nota aclaratoria

Las historias recopiladas en este volumen son verídicas. Los nombres han sido alterados para proteger la identidad de los informantes. Por respeto, los consulté a todos antes de publicar los relatos, coleccionados a lo largo de cinco años y que formaron parte, en sus comienzos, de una investigación para un curso de estudios graduados.

Nació la idea en una clase del profesor Arnold Haley, cuyo reciente fallecimiento apareció en las más prestigiosas publicaciones de ciencia de la nación y fue profundamente lamentado en los círculos académicos. Comentaba el doctor Haley una investigación realizada hace algunos años en la cual pudo observarse la disparidad común en el ser humano entre lo que considera vergonzoso contar sobre su vida y la ignominia del hecho. Es decir, una persona oculta un capítulo de su pasado, más por la forma cómo lo ha percibido y sentido que por la mayor o menor carga de delito o desaprobación social del episodio en sí.

Yo estaba en aquella clase. Abandoné el aula decidida a ahondar en el tema. Mi cuestionamiento inicial fue cuántas personas tendrían en sus vidas una historia que consideraban prohibida.

Me obsesioné sin entender por qué. Caminaba por la calle, montaba los trenes, subía los elevadores observando alrededor mío la expresión de las caras y preguntándome quiénes eran portadores de secretos y quiénes no.

Hablé con el profesor Haley sobre mi proyecto y le pareció interesante no sólo como investigación para un curso, sino como tema de tesis doctoral. Con su apoyo, y bajo su supervisión, preparé cuestionarios, los sometí a aprobación y comencé a recopilar información.

Siempre he tenido facilidad para relacionarme con la gente a un nivel de intimidad, y tan pronto entrevisté las primeras personas, comprendí que para entender la complejidad de los secretos era necesario escuchar partes de sus vidas que iban mucho más allá del cuestionario. Preocupada por la forma en que se estaba desarrollando el proyecto, hablé con el profesor Haley. Efectivamente, según él, yo estaba desatendiendo los datos concretos, necesarios para computarizar la data obtenida, y prestando atención a detalles que no conducirían a conclusiones científicas válidas.

Traté de seguir su consejo y estructurar de manera más sistemática las entrevistas. Inútil empeño. Día a día fui entrando con más pasión en los laberintos de las almas que me contaban sus miserias y empecé a cuestionarme las mías, a recordar hechos de mi propia vida que había tratado de olvidar con ahínco.

El doctor Haley insistió en la necesidad de rigor científico. Desgraciadamente, nuestras desavenencias profesionales aumentaron, en contra de mi voluntad y de mis mejores intereses. Ya a mi edad no podía demorar la obtención de un doctorado por discusiones de este tipo. Sin embargo, de manera consistente, al término de cada grabación, la transcripción me proporcionaba un nuevo cuento, de cuya fascinación no podía sustraerme, en lugar de ante una serie de datos cuantificables.

La situación se hizo insostenible, me angustiaba, hasta un día en que tuve una iluminación: la solución no era cambiar el método de investigación, sino la disciplina que yo estudiaba. Al profesor por poco le da en aquel momento el infarto del que murió tres años después, pero cambié.

Llevaba más de un año recogiendo cuentos. Me di cuenta de que tenía tomados muchos más cursos de Español de los necesarios para mi doctorado en Sicología y decidí terminar mi carrera en otra rama. Contrario a lo que puede parecer a primera vista, fue una decisión tomada, en gran parte, por apego a la verdad. Al terminar mi trabajo, pensé entonces, tendré mucho más conocimiento *real* sobre los seres humanos si continúo trabajando como estoy haciéndolo, que a través del análisis de unos cuestionarios ajenos a los vericuetos del corazón y utilicé las historias como parte de mi tesis para el doctorado en literatura.

Las historias publicadas en este libro, escogidas entre ciento setenta y ocho que coleccioné, han sido seleccionadas por ser representativas de distintos conflictos humanos.

*Marta Veneranda Castillo Ovando, Ph.D.*

Las historias prohibidas de Marta Veneranda

# Cinco ventanas del mismo lado

**B**uenos días. Mi nombre es Mayté. Mayté Perdomo. Realmente, Perdomo-Lavalle. Así estoy inscripta en Caibarién y así consta en mi pasaporte americano. Pongo un guión entre los dos apellidos para evitar confusiones en este país, pero igual se confunden a veces. Soy la periodista que llamó por teléfono el miércoles pidiéndole una cita para hoy a las siete de la mañana. Gracias por haber accedido a verme a esta hora tan poco usual para una entrevista, especialmente un sábado, pero era la única oportunidad que tenía de hacerlo esta semana y mi interés en verla era grande. Perdone la tardanza. Tiene razón, son sólo diez minutos, pero soy muy puntual. No me gusta esperar ni que me esperen.

Yo no sé, en realidad, si mi historia va a parecerle interesante como para incluirla en su libro. En Nueva York hay tantos cuentos escabrosos en la vida cotidiana que casi nada parece prohibido. Pero es verdad lo que usted me dijo por teléfono, ése es un término relativo. Cualquier suceso que para una persona resulta suficientemente vergonzoso como para ser mantenido en secreto, es su historia prohibida.

Usted juzgará la mía de acuerdo a su criterio, pero para mí todo este asunto ha sido muy perturbador. No sólo el haber tenido una relación sexual con una mujer, sino la gama de circunstancias alrededor del episodio y su repercusión en mi vida. Me la cambió.

¿Adónde han ido a parar mi formación religiosa y mi cultura? me digo a cada rato, porque con todo lo adaptada a esta sociedad que una pueda estar, vamos a dejarnos de boberías, entre nosotros el homosexualismo no es normal. No es que yo sea homofóbica, al contrario. En mi trabajo he defendido el derecho de la gente gay cada vez que ha surgido un problema con ellos, pero ahora, al tocarme en carne propia, me ha problematizado más de lo que hubiera supuesto iba a hacerlo, si alguna vez hubiera imaginado que podía pasarme algo así. Jamás lo supuse, y además, de haber sido sexo puro no me resultaría tan inquietante. La carne es débil, como decían las monjas en la escuela de Caibarién, y a cualquiera se le suelta un tornillo un día.

Lo peor fue... Me da hasta pena decírselo... que me enamoré de ella. Como usted lo oye.

¿Que no me oyó? No me di cuenta que había bajado la voz. Perdone. Le decía que me enamoré de ella. Eso sí me asustó. ¿Se imagina, yo enamorando a otra mujer, bailando boleros a media luz y comprándole flores? Cuando Alberto lo supo, por poco se muere el pobre. Me dijo que yo le iba a dar un ataque al corazón un día.

Sí, se lo conté. Siempre hemos sido muy francos uno con el otro y no pude callarme. Tan pronto regresó de Chicago, le disparé el cuento completo. Sin detalles, claro. Todo fue tan breve, que mi preocupación puede parecer ridícula, pero ha habido weekenes de metérseme en la cabeza el barrenillo de si habré sido lesbiana toda mi vida y no me había dado cuenta hasta ahora, y la idea me ha jodido hasta el punto de no tener ánimos ni para ver la niña, cuando ése es uno de los placeres más grandes de mi vida en la actualidad.

Es la hija de Rodolfo, un amigo casi hermano, y además compañero de trabajo en el periódico. La única persona que conoce esta historia. Ni a Iris, su mujer, se la he hecho, y eso que somos muy amigas también, incluso comparto más tiempo con ella que con Rodolfo. Salimos juntas casi todos los fines de semana. Nos llevamos a Raquelita, que es mi ahijada, almorzamos en cualquier sitio y pasamos horas dando vueltas por ahí o vamos al cine. Las dos somos fanáticas de las ventas especiales y de las chucherías de Chinatown, y para ninguna de esas salidas hemos podido agarrar jamás ni a su marido ni al mío. Además de gustarme estos paseítos, a veces los hago aunque no tenga tiempo, por estar cerca de la niña. Quiero que cuando crezca recuerde una madrina de verdad, que se ocupaba de ella. Si no hubiera pensado atenderla no la habría bautizado, y como yo no tengo hijos, adoro la muchachita. Cumplió siete años en noviembre

Con Rodolfo hay algo muy especial. No es solamente que sea cubano, es que llegamos a Nueva York en la misma época, casi de la misma edad. Yo tenía trece años, él catorce, sin los padres los dos y pasamos por las mismas situaciones, de las que no quisiera acordarme, tan dolorosas que aunque después hemos tratado de tirarlas a chiste, nos reímos de dientes para afuera, *deep down* todavía duelen, van a doler siempre. Mi mamá dice que yo soy rencorosa, pero por más que he tratado de aceptarlo, me cuesta trabajo entender cómo puede una madre empaquetar una criatura de trece años, consentida a más no poder por padres y abuelos, para un país extraño donde ningún familiar la espera y ni siquiera hablan su mismo idioma.

Años atrás, cuando salíamos a comer Iris, Rodolfo, mi marido y yo, tan pronto nos dábamos unos tragos, Rodolfo y yo empezábamos a acordarnos de los enredos que se formaban en los *foster*

*homes* donde paramos recién llegados a este país, cuando no en-
tendíamos una palabra de inglés ni cómo funcionaban aquellas
familia. En una de esas casas nos conocimos, por cierto. Y en
pleno bar, al cuento se le iba la gracia mientras lo contábamos y
terminábamos llorando a mares, y su mujer y mi marido se mo-
rían de la vergüenza por el papelazo que hacíamos. Suprimimos
el tema delante de ellos. Bastante tienen con su lío puertorrique-
ño para encima meterles el de nosotros. En realidad, aunque no
estén delante, Rodolfo y yo evitamos hablar de eso, pero a veces
se nos escapa y siempre terminamos con la misma tristeza.

Gracias por el café. Mientras lo hacía yo pensaba que llevo media hora hablando y todavía no he empezado a contarle mi historia
con Laura. Creo que el ser usted cubana hace que me vengan a la
memoria recuerdos que creía olvidados. Deje ver cómo me orga-
nizo mentalmente para resumir. Quedé en reunirme a las nueve
con Iris y Raquelita y si me demoro la niña se pone imposible.

Le digo que la mente humana es fascinante. Acabo de darme
cuenta en este instante, en lo que usted estaba en la cocina, de
algo tan obvio que parece increíble no lo haya pensado antes. Tanta
agonía con el episodio de Laura, hasta el punto de atribuirle haberme cambiado la vida y en realidad mi confusión empezó antes de aparecer ella. ¿Estaré ciega para no haberlo visto?

Todo comenzó cuando Alberto trajo la noticia del traslado a
Chicago de la compañía donde trabaja, y me dijo que le estaban
haciendo una oferta excelente para irse con ellos. Claro, ese fue el
principio de la cosa. Sentí que la cabeza me daba vueltas. Fue
extrañísimo. Me bajó un escalofrío por la columna vertebral, llegó a los pies y desde la punta del dedo gordo comenzó a subir de
nuevo. Sólo una vez en mi vida había sentido algo así y la impresión quedó para siempre.

Una noche en Cuba. Igualito. Pero aquello fue hasta peor. Oí
una voz susurrando mi nombre. Tan cerca, que el calor del alien-

to me dio en la cara, y al volverme ¿puede usted creer que no había nadie? Fue la noche siguiente de haber llegado el telegrama autorizando mi salida para Estados Unidos. Mi mamá estaba en el cuarto haciendo la maleta y yo había salido al portal un momento. La voz parecía venir del lado donde estaban las matas de jazmín. Me subieron y bajaron los mismos escalofríos que cuando Alberto vino con la noticia del traslado.

El estaba tan contento con el aumento y la perspectiva de una nueva vida. A mí no me dio ninguna alegría. Al contrario, pánico la idea de irme de Nueva York, pero pánico real, una de esas sensaciones que sin haberla experimentado, no hay manera de entender. No pude soportar la idea de separarme del apartamento en que he vivido por tantos años. Desde mucho antes de conocer a Alberto vivo ahí. Lo alquilé con el dinero de mi primer trabajo.

¿Cómo separarme del pedazo de piso donde descansan las cuatro patas de mi escritorio, de mi manera de tomar el café de la mañana, sentada en la cama mirando por la ventana cómo se levantan los vecinos, del rinconcito donde medito, del espacio de mi computadora? Si me alejo, ¿quién me garantiza encontrar de nuevo esa compañía silenciosa que yo tengo, tan especial, viviendo entre viejos y gente cuyas perennes actividades nocturnas los obligan a descansar de día? Porque la gracia no es vivir en los suburbios y no tener a nadie cerca, como decía Alberto que viviríamos en Chicago, sino estar rodeada de gente y que no haga bulla. ¿Cómo alejarme de las caminatas por el barrio, de mi vecino, quien sin conocerme desplegaba su vida de soltero meticuloso frente a mis ventanas, ignorante de mi interés por su persona? Ese es el lugar donde, por tantos años que parece siempre, despierta he soñado con todo lo bueno que me gustaría me pasara, y dormida con casas de muchos cuartos y aviones que despegan sin llevarme. Sueño mucho con eso. Y es ahí donde me he alegrado por las cosas buenas que han sido y me he entristecido por las malas. ¿Y mi trabajo, cómo se le ocurría que iba a renunciar a un trabajo que me gusta tanto?

Todo esto me salió por la boca sin pensar, sin tomar aliento.

Obviamente, él no esperaba mi reacción y la tomó como un rechazo a su éxito en la compañía. No me habló por una semana. Nunca había pasado. Después, más sereno, trató de convencerme. Con lo buena periodista que soy no me costaría trabajo encontrar un nuevo empleo, en Chicago hay muchos latinos. No tenía que preocuparme por el dinero, mientras nada apareciera, de sobra podíamos vivir los dos con su sueldo. No era el fin del mundo, me acostumbraría.

No entendía mi apego a un sitio tan pequeño en un barrio tan complicado y sucio cuando teníamos asegurada una buena casa en las afueras de Chicago. Era su sueño, terreno para sembrar, un patio donde cocinar *barbecues* en verano, las comodidades para poder tener un perro. Yo sabía que soñaba con esas cosas desde chiquito y lo entendía, porque haberse criado encerrado en un sexto piso en el Bronx con cuatro hermanos, hace a cualquiera querer vivir en el campo el resto de su vida, pero como jamás había aparecido la posibilidad de convertir esas ilusiones en realidad, no pensé que las quería tan en serio. En parte, creo que su hermetismo, casi no habla, tuvo la culpa del malentendido. Esto se lo dije también. En cambio, yo, extrovertida como soy, siempre estoy alabando mi rutina diaria, diciendo cómo me encanta. Según él, pensó que la alababa tratando de convencerme a mí misma porque no nos quedaba otro remedio que vivir donde vivíamos, pero nunca imaginó que la celebración era de corazón. ¿Se imagina que desencuentro tuvimos por años sin saber que estábamos desencontrados?

Por más de diez años parecía que Alberto y yo teníamos muchísimas cosas en común, y al final la compatibilidad se basaba en la ausencia de circunstancias que resaltaran las diferencias. Eso era todo. En el fondo, él odiaba lo que constituía nuestra vida diaria y que en mí forma casi una segunda naturaleza: nuestro apartamento, Gladys con sus llamadas diarias por teléfono para contarme los problemas con los hijos, Luisa y su lío sempiterno con Atilio, Esperanza y su soledad, los indigentes, la cola en los cines de la esquina, el puesto de frutas de los koreanos abierto las veinticuatro horas. Rodolfo. ¿Cómo iba a alejarme de Rodolfo y su familia? Hasta las prostitutas extrañaría si me fuera. Porque mi cuadra ha sido por más de ochenta años cuadra de prostitutas.

No es un mal sitio, al contrario, vivo rodeada de edificios de NYU. Lo que pasa es que antes había un prostíbulo cerca, por la tercera avenida. Lo cerraron hace años, pero los hombres siguen con la costumbre de recoger a las mujeres donde sus padres y abuelos lo hacían. Usted sabe cómo son las tradiciones familiares de fuertes. No crea usted, que observar este fenómeno me ha hecho entender mejor la universalidad de la conducta humana. Escribí un artículo para el periódico sobre el tema y gustó mucho, aunque fue controversial. Siempre se dice que los latinos somos más apegados a la familia que los americanos, pero yo le aseguro que gran parte de los tipos que pasan por mi cuadra y se llevan las prostitutas en sus carros, lo hacen así porque lo aprendieron en su núcleo familiar y la gran mayoría son americanos, muchos de ellos de New Jersey. Lo sé por la chapa del carro.

Yo tengo suerte de contemplar el espéctaculo sólo cuando entro y salgo de mi casa. Creo que no aguantaría tanta miseria humana todo el día delante de los ojos Se ven tan mal de salud que cuando empieza a rondar una cara nueva, para saber si es prostituta o no, porque uno nunca sabe, con disimulo la observo cómo luce físicamente, y si se ve saludable, pienso que no lo es. A menudo empiezan a trabajar a las siete de la mañana, casi encueras a veces, con las tetas al aire aunque haya veinte grados de temperatura. Yo las he visto desmejorarse por días, empezar a caminar por la cuadra gorditas y al cabo de unos meses estar ya en el hueso. Vi a una pasarse más de un año tosiendo y escupiendo en la acera mientras se levantaba con una mano el pelo larguísimo que tenía, para no escupírselo, y con la otra mano llamaba a los clientes, de la misma forma que llama los taxis. Hace tiempo que desapareció. Debe estar muerta.

No sé por qué me he puesto a hablar de las prostitutas, con lo tarde que se está haciendo. Es mi espíritu de periodista. De cualquier manera, tengo suerte porque mi apartamento da a un patio que separa el edificio donde vivo del de enfrente y tengo cinco ventanas, todas del mismo lado, por donde entra el sol después del mediodía. Dan al fondo del edificio. Yo duermo al lado de la del cuarto y casi nunca subo las cortinas. Por eso pasé la pena que pasé la noche del lío con Laura.

Ella es una prima segunda a la que nunca conocí en Cuba. Nació a los dos meses de yo haberme ido. Tiene treinta y seis años ahora, nueve menos que yo, y dos hijos, una hembra de quince y un varón de siete. Vive cerca de donde me crié y el marido, un veterano de Angola, es el padre del más chiquito. El de la mayor fue a estudiar un doctorado a Rusia, cuando estaban casados, y regresó empatado con una ucraniana. Cuando mi prima se enteró ya tenía hijos con la rusa. Todavía duraron un tiempo en ese tejemaneje, pero al fin se divorciaron. Ella vino ahora a visitar a tía Rosario. Está muy vieja y se le metió en la cabeza que iba a morirse sin ver a su nieta favorita. Lo arregló todo solita y le envió el pasaje hasta Miami. Cuando supe que Laura estaba en Estados Unidos me volví loca de contento. La llamé enseguida y mandé el dinero para que viniera a pasarse una semana conmigo.

Pasó las dos que estuvo Alberto en Chicago. Al mes siguiente de la noticia del traslado de la compañía tuvo que viajar allá por asuntos de negocio. Me sentí aliviada de poder descansar unos días de su insistencia para que me fuera.

Fue en octubre del año antepasado, hace dieciséis meses. Llegó por la mañana, al día siguiente de haberse ido Alberto. La fui a buscar al aeropuerto y le llevé una chaqueta mía porque ya empezaba a hacer frío y no traía abrigo. Tenía el pelo lacio y oscuro, hoyitos en la cara al reírse, las caderas anchas como todas las mujeres de mi familia por parte de madre y los pies muy chiquitos. Eso me llamó la atención. Por la mirada la identifiqué enseguida, aun sin habernos visto nunca. La misma expresión de su mamá, mi prima Agueda. Nos abrazamos muy fuerte y lloramos las dos. Yo no sé por qué lloró ella, puedo decirle que para mí el encuentro significó tener delante, más que a una parienta a quien veía por primera vez, a alguien de mi sangre cuyos ojos veían todos los días el sol salir y ponerse sobre Caibarién, que al despertar oía cantar los pájaros cubanos y pisaba yerba cubana cuando salía al patio. La miraba, no podía dejar de pensar en eso, y lloraba.

En el taxi hablamos como dos locas, yo preguntando y ella contándome de toda la familia. Ya en la casa, pregunté qué quería hacer. Tenía varios planes en mente. "Descansar, tomar café y hablar contigo. Quiero conocerte", me dijo. Era sábado como hoy. Pensé con gusto que tenía dos días para dedicárselos y di gracias a Dios por la ausencia de mi marido.

Como a las ocho de la noche pedí comida china. No teníamos hambre, pero algo comimos. Después de comer, Laura se dio una ducha y yo otra. Le presté una bata de casa rosada, regalo de aniversario de bodas de Alberto. Me sentía agotada emocionalmente, drenada. Ella seguía hablando. Yo no podía más con los cuentos y la nostalgia. Le ofrecí una cerveza y para que se callara y descansar, más que nada, propuse escuchar un disco de boleros de Marta Valdés que me había traído de regalo. Le gustó la idea. Yo no sabía quién era Marta Valdés, pero no lo dije. La verdad, hasta aquella noche casi no oía música cubana de ese estilo. Un poco de salsa, los Vanván, Pablo

Milanés, Silvio Rodríguez, sí, pero no boleros. Esa era música de mi mamá.

Me senté en una esquina del sofá. Laura se acostó y sin pedir permiso, como algo natural, recostó la cabeza sobre mis piernas. Me chocó un poquito, pero pensé que en Cuba la gente tiene más contacto físico en la vida diaria del que nosotros tenemos aquí y me recosté en el espaldar a disfrutar la paz del momento. Sumergida en mis recuerdos más que escuchando, comencé a acariciarle el pelo suelto y húmedo. Al cabo de unos minutos, la melodía me había llevado a las calles estrechas y rectas, con el mar siempre al final, donde corría de niña. Empecé a sentir la suavidad de aquellas tardes y algo se me fue ablandando adentro.

No prestaba atención a las letras de las canciones. Con los ojos cerrados, pensaba en Caibarién. De repente, sin proponérmelo presté atención a las palabras: *Sabía que te acercabas, aunque no te vi llegar, todas las aves del monte, me vinieron a avisar.*

Cobré conciencia de lo que hacía mi mano, la levanté del pelo de Laura con gesto tan brusco que se incorporó y preguntó qué pasaba. "Nada", contesté, pero estaba incómoda. "Tal vez es mi imaginación", pensé, sin embargo, su cabeza pesaba en mis muslos como si la presionara con la intención de hacer más fuerte el roce. Quería ir para el cuarto, huir. Me recosté de nuevo al espaldar del sofá, disimulando mi confusión. Quedaba poco del disco, ahí terminaría el mal rato.

Finalizó la música. Y en vez de levantarme, abrir la cama de Laura en la sala y yo irme a la mía, tuve una reacción que jamás hubiera esperado de mí. Le pregunté si alguna vez había escuchado a Lucesita Benítez. Dijo que sí. Y yo misma, yo, fui y puse el disco más romántico que puede existir. Tan pronto Lucesita empezó, reaccioné y me di cuenta de lo que había hecho. ¿Qué hacer ahora? Mi turbación creció por segundo. Laura, en cambio, parecía tranquila. A mi lado, tarareaba la canción. Encima de todo, me sentía ridícula, fuera de control, lo que más odio en la vida. Se deslizó despacio y recostó de nuevo la cabeza en mis piernas, rígidas ahora. El esfuerzo de parecer serena me contraía cada músculo del cuerpo, casi temblaba.

*Dos días sin tocarnos, dos días sin amarnos, qué pena todo el tiempo que nos desperdiciamos*, decía el bolero. ¿Usted lo conoce, Marta Veneranda? Es precioso.

—Me encanta este bolero—dijo Laura entusiasmada—. Hace siglos que no lo oía, ¿quieres bailarlo?

Bailamos. Muy juntas. Nunca había bailado así con una mujer, las caras rozando. Era muy suave. Avanzaba el bolero y nosotras bailábamos más lento y más cerca.

*Si sabes que soy tuya, que yo te pertenezco, que nada en este mundo hará cambiar lo nuestro.*

Apartó su cara de la mía y me miró a los ojos sin pestañear, siempre abrazadas. Sólo me miró, no hubo otro gesto. Yo no sé cómo explicarle. Las piernas se me aflojaron como cuando me entran ganas de irme a la cama con un hombre, pero había algo distinto en esto, debilidad mezclada con fuerza, ansias de conquistarla yo a ella, de poseerla. Eso es lo que sentí. La abracé por la cintura atrayéndola con una fuerza que no podía creer mía. Me sentía húmeda y la presentía igual. La idea de su cuerpo sintiendo al unísono del mío me enloqueció.

Al terminar el disco llevábamos como tres canciones besándonos, sin dejar de mover las caderas al compás de la música. Me deleitaba la suavidad del cuello, de los brazos, de la espalda. Una sensación tan distinta a la de abrazar a un hombre. No dejaba de pensar en eso.

De una mano la llevé a mi cama. Yo, a ella. Ni siquiera me preocupé de apartar la sobrecama de flores que tanto cuido porque me encanta. Cuando Laura se fue la llevé a la tintorería, pero nunca ha sido la misma. La sigo poniendo por el recuerdo.

Acaricié y besé con una intensidad y una pasión nunca puesta antes en mi acto de amor, cada pedazo y pliegue de aquel cuerpo y ella recipиоcó con furlosa esplendidez. Fundidas una en la otra estuvimos por horas. Saciadas ya, extenuadas, nos echamos boca arriba, poniendo a un lado con los pies los *panties* y *brassieres* regados sobre las flores de la sobrecama. La luz de la lámpara de la mesa de noche, encendida, iluminaba nuestros cuerpos. Nadie se acordó de apagarla.

Cerré los ojos por unos minutos. Al abrirlos, Laura dormía en la misma posición. Entonces me di cuenta de que no había bajado la cortina de la ventana y la cama está al lado de ella. El vecino del apartamento de enfrente, el soltero, impasible, miraba desde su cocina, parado delante del fregadero. Al incorporarme, comenzó a lavar la lechuga para la ensalada de su tardía cena diaria. Lo hace todas las noches. Obviamente, había visto. Bajé la cortina y no volví a subirla en las dos semanas que Laura estuvo allí, gran parte de las cuales las pasamos acostadas y bailando boleros en la sala. Hasta me declaré enferma en el trabajo por tres días.

Tan poco salimos que me sentí culpable después de irse, por no haberle enseñado más de Nueva York, pero me consuela pensar que los escasos paseos se debieron a mi insistencia. Por ella, no nos habríamos movido de mi apartamento y los restaurancitos alrededor. Al menos la llevé a Chinatown, Rockefeller Center, San Patricio, Harlem, vio el Lower East Side y dimos una vuelta en el *Circle Line*. Eso fue fantástico, una idea genial. Pasarán mil años y lo recordaré. En toda mi vida sólo me sentí tan romántica en el cine, especialmente viendo *From Here to Eternity*. Lo único que mirando la película yo estaba segura de ser Deborah Kerr y en el *Circle Line*, con toda honestidad, nunca supe si era ella o Burt Lancaster.

Me anonadó mi propia conducta, pero Laura parecía cómoda. No era la primera vez que le sucedía, confesó, aunque conmigo era algo especial. No me convenció esta última parte. Pregunté si su marido sabía.

—¿Estás loca, cómo va a saberlo?— respondió mirándome como si yo bromeara.

—Voy a contárselo a Alberto— dije— si no, no podría vivir tranquila.

Abrió los ojos estupefacta.

—Estás mal de la cabeza— dijo moviendo la suya de un lado a otro—. Mira, mi primer marido estuvo por años con la ukraniana sin que yo me enterara. La mujer hasta parió jimaguas a espaldas mías. César, el de ahora, es muy bueno, ¿pero crees que no sé que se acuesta con quien se presente tan pronto tiene una oportunidad? Yo tampoco voy a dejar de pasar un buen rato cuando aparece. No me interesa tener aventuras con hombres, para eso prefiero las mujeres. Qué vamos a hacerle, cada cual tiene su gusto, y además, con ellas no hay peligro de embarazo.

Nos sentamos a hablar varias veces, no crea que no, pero manejábamos códigos diferentes cuando tratábamos este asunto. Al hacer un balance, ya calmada, pienso que fue lo más asombroso de la experiencia. Lo distinto de la valoración. Laura no entendía cómo yo, con todo el mundo que me atribuía ella por mi educación, los viajes, la exposición a diferentes culturas, el vivir en una ciudad tan cosmopolita como ésta, pensaba que no contar a Alberto lo sucedido sería una deslealtad. Hay cosas que no se dicen, era su lema. No entendía mi concepto de la honestidad. El que sólo así pueda vivir en paz conmigo, le parecía inmadurez. Para ella, en el mejor de los casos, la confesión causaría un sufrimiento inútil a Alberto, y en el peor una tragedia para los dos. "Ojos que no ven, corazón que no siente". Total, era mi prima, perfectamente normal que se hubiera quedado conmigo. ¿Por qué complicarlo? No vivía aquí, sabe Dios cuándo nos veríamos de nuevo.

—¿Tú crees que yo voy a llegar a Cuba a contarle esto a César? ¿Qué sentido tendría?

Nos separamos sin yo comprender su necesidad de llevar una vida doble ni ella la mía de llevarla desdoblada.

Le escribo a cada rato, cuando encuentro a alguien que va para Cuba y Laura hace lo mismo cuando viene un amigo para acá, sabe lo difíciles que son las comunicaciones con la isla. Cartas de familia, como si nada hubiera pasado. Las mías son lacónicas, en cambio ella escribe varias páginas hablando de los hijos y de las tías y primas mutuas. Hace poco me pidió un desrizador de pelo para una amiga. Anteriormente me había pedido un creyón de labios y unas cremas para la misma muchacha. Son vecinas y aparentemente se llevan bien. Le compré el desrizador y tan pronto pueda se lo mando.

Laura salió para Miami el mismo día que regresó Alberto de Chicago. La llevé al aeropuerto por la mañana y él llegó a las seis y media de la tarde. Entre la salida de una y el regreso del otro pensé en las consecuencias de lo sucedido. Sin duda, ya no me mudaría a Chicago. Alberto no iba a insistir más, no querría que fuera con él. El pensamiento me produjo alivio.

Comimos en un restaurante tailandés esa noche. Pensaba hablarle al día siguiente, cuando descansara, pero tan pronto entró al cuarto preguntó por qué tenía la cortina baja. Solamente la bajo para hacer el amor con él. Lo miré, miré la cortina, y le juro que traté de inventar una excusa para irme a dormir temprano, tan cansada estaba, pero como me pasa siempre, la historia completa salió por la boca sin poder evitarlo. Al terminar yo de hablar, dijo:

—Bueno, ahora sí tendrás que irte a Chicago conmigo, tú no puedes vivir con las cortinas bajas y no vas a atreverte a subirlas—. Pensé cuánto me quería o necesitaba, vaya a saber.

Fue difícil, pero entendió que después de lo sucedido era necesario estar a solas por un tiempo. Todo había sido muy sorpresivo, el descubrimiento de un cabo suelto dentro mí que necesitaba hallar la forma de amarrar de nuevo. No era ya Nueva York ni el apartamento, era algo más serio.

Se mudó hace un año. Yo sigo en mi apartamentico, con mis muebles, mis rincones favoritos, mis vecinos, mi calle, mis amigos, mi trabajo, con Raquelita los weekenes y con las ventanas abiertas.

Al terminar de hablar con Alberto aquella noche, muy tarde, me acosté. Al otro día hice café, él todavía dormía, y despacito subí la cortina. ¿Puede usted creer que el apartamento estaba vacío? Lo primero que noté cuando empecé a enrollarla fue la ausencia del sofá amarillo canario donde mi vecino pasaba leyendo horas y horas en sus días de descanso. Estoy segura de que enseñaba en una universidad y allí acostado preparaba las clases.

Pintaron el apartamento de blanco, pulieron el piso y a los pocos días llegaron dos hombres a vivir en él. En la sala pusieron un sofá negro con rosas lilas. Cocinan con más frecuencia que el vecino anterior y no cenan tan tarde.

He comprado más discos de boleros. Tengo una colección grandísima. Ese fue uno de los efectos positivos de la visita de Laura. Yo estoy bien en general, hasta diría que contenta de haberme descubierto un ángulo nuevo. Como buena periodista, la curiosidad es una de mis principales características.

Para ser honesta, lo que me perturba ahora mismo, después de esta conversación con usted durante la cual se me han aclarado varias cosas, poder mágico de la palabra, es no saber, a pesar de las explicaciones que le di a Alberto, si no me fui a Chicago por el problema con Laura, o si el problema con Laura fue producto de mi deseo de encontrar un motivo para no irme a Chicago.

De cualquier forma, gracias por oírme la descarga. Me voy corriendo a ver a Iris y a Raquelita. Esta es una historia que me hubiera encantado escribir a mí, pero como no sé si algún día me atreva, se la regalo.

# El olor del desenfreno

Ahora que estoy aquí no sé por dónde empezar. Me da miedo contárselo y que piense que estoy loco, o peor, que soy un cochino, pero si no se lo digo a alguien voy a terminar arrebatado de verdad y tal vez con usted me resulte más fácil, precisamente porque no la conozco, y a lo mejor no la veo más nunca. Y además, si usted ha estado por más de dos años, como dice Mayté, oyendo gente contarle cosas que no se han atrevido a decirle a más nadie, bueno, entonces tal vez lo mío no le parece tan extraño, porque sabe Dios lo que ha oído. La misma historia de Mayté estaba bastante loca, la verdad. Pero la mía es peor. Se lo juro.

No, por eso no se preocupe. Si el valor me da para contársela, no me importa si la publica. Siempre que no mencione mi nombre, claro. Es un cuento tan extraño y ajeno a todo lo que ha sido mi vida hasta ahora, que nadie va a reconocerme en él. Que me haya pasado esto a mí es un fenómeno, con lo limpio que yo soy, que me baño aunque tenga cuarenta de fiebre. Usted es cubana y sabe la manía que tenemos los cubanos con los olores. Para nosotros tener peste es un pecado capital. ¿Quién que me conozca va a pensar que hice lo que hice? Nadie. Ni mi mujer, con la que he vivido por más de diez años, lo creería.

Yo voy a hablarle con toda honestidad. Vine porque Mayté insistió tanto en que lo hiciera, y me siento tan... no sé... digamos... desconcertado, perturbado, jodido, qué sé yo, el asunto es que como no acabo de olvidar esta mierda, y perdone las malas palabras, me dije que por lo menos debía intentarlo. A lo mejor se me sale de la sangre después de esta conversación, como le pasó a ella con lo de Laura, que según dice, contárselo la alivió como por encanto, y yo sé bien cómo el asunto le fastidiaba la cabeza. Pero déjeme decirle, que mi primera reacción cuando me lo sugirió fue negarme rotundamente. ¿Cómo se le podía ocurrir que iba a contarle a una persona a quien no conozco algo que no me sale de la boca para decírselo ni a la gente más allegada a mí, como la propia Mayté? Puede imaginarse cómo me siento, que míreme, sentado aquí hablando con usted. A Mayté le he dicho cosas que ni a Miguel, amigo mío desde chiquitos, de ir a la playa juntos todos los días allá en Jaimanitas, y que por vueltas de la vida ahora vive en Nueva York también.

Pero lo que me trajo a verla a usted, ni muerto se lo digo a ninguno de los dos. Lo que pasa es que Mayté me conoce demasiado bien, son años trabajando juntos en el periódico, y se dio cuenta enseguida de que algo me comía por dentro, aunque al principio se lo negué y le dije que no me pasaba nada, que era cansancio. Imagínese, yo, con la fama de escribir rápido que tengo, he estado sacando los artículos a última hora y mal escritos. Me cuesta un trabajo tremendo concentrarme, y hasta hablar con coordinación. Mire esta conversación que estoy teniendo con usted. A veces no tiene pies ni cabeza. Normalmente yo soy un individuo articulado, una persona educada.

Seguro que conozco un terapista. No sólo conozco, estuve viendo a uno por un montón de tiempo. Ya sé que pudiera decírselo, lo he pensado mucho, pero ni hablar, a él no le cuento esto. Antes me muero, de la vergüenza que me da que lo sepa. No ve que después de tantos años ya somos amigos. Va a creer que me he vuelto loco si oye esta sarta de disparates. Imagínese que me conoce desde que yo tenía quince años, recién llegado de Cuba. Fue a raíz de una obsesión de película que me entró con la playa de Jaimanitas donde viví hasta los catorce años.

Así mismo fue, vine con la operación Peter Pan. Esa operación desgració a más gente...

Fíjese que no, mi mamá no se puso tan histérica. Mi papá fue el que se aterrorizó. Nunca he entendido cómo, porque el viejo no es bruto, pero se tupió de mala manera. Se tragó entero el cuento aquel de que iban a quitarles a los padres la patria potestad de los hijos. Y arriba de eso, yo iba a cumplir quince años. Tenía el servicio militar encima, y entonces sí podía olvidarse de sacarme del país, y no lo pensó dos veces, a la primera oportunidad me empaquetó para acá, y mire que la vieja lloró para que no me mandara solo.

Ellos vinieron al año. ¿Qué si lo pasé mal? Negras. Con tres familias estuve viviendo. No me aguantaba nadie y yo no los aguantaba a ellos. Usted sabe cómo son los chiquitos cubanos de malcriados, y caer así de paracaidistas en un sitio desconocido, una cultura tan distinta, otra lengua. No quiero acordarme. Pero la cosa fue que mientras estuve rodando de casa en casa no pensaba más que en mis padres, ahora, tan pronto llegaron y ya tenía una familia más o menos normal de nuevo, empecé a extrañar a una noviecita que había dejado en la playa. Preciosa la chiquita. Era la primera vez que me enamoraba y me gustaba lo que usted no se puede imaginar. Y me dio por pensar, pero por pensar día y noche, ese fue el problema, que todas las tardes ella iba con otro tipo al mismo puente adonde íbamos nosotros a mirar el sol ponerse durante los últimos meses que yo viví allí.

Ahora a mí me parece increíble que yo pudiera sufrir tanto por una bobería así, pero en aquel momento... dejé hasta de comer días enteros y había noches que no pegaba los ojos.

Era un puente junto al mar encima de un canal estrecho. De madera, chiquito y medio destruido por las olas que lo golpeaban cuando el mar estaba picado. Prácticamente no se usaba y gran parte de los tablones estaban cubiertos de caracoles. Ni siquiera era el mejor lugar del mundo para un romance porque cerca había un muelle adonde los pescadores amarraban sus botes por la mañana, al regresar de la pesca, y allí mismo limpiaban los pescados. Pero yo era un muchacho, y para mí aquellos atardeceres, que encontraba los más lindos del mundo, recostado a la baranda del puente frente al mar, abrazando a la chiquita por la cintura, y tratando de meterle la mano por el escote, eran la gloria, señora, la gloria.

El sicólogo me ayudó mucho y finalmente superé la depresión. Después seguí viéndolo porque me di cuenta que los rollos que tenía en la cabeza iban más allá del incidente de la novia. Hace tiempo que no lo veo y él cree que estoy de lo más bien. En realidad lo estaba hasta que pasó esto. Qué va... a él no se lo digo. Mire que le he dado vueltas en la cabeza, y no le encuentro explicación. Dos meses ya y todavía me levanto y me acuesto pensando en eso. Mucho peor que lo de Jaimanitas, mucho peor.

Sí, me doy cuenta de que estoy dando más vueltas que un trompo para empezar, claro que me doy cuenta. Es que me cuesta trabajo.

Fue un sábado por la mañana. Iris había salido temprano para New Jersey a ver a su mamá y regresaría tarde. Llevó la niña con ella. Como a las diez yo estaba listo para sentarme a leer, contento con la idea de estar tranquilo por varias horas, cuando tocaron a la puerta. Me extrañó porque casi nadie toca en el apartamento sin haber abierto antes la entrada del edificio. Me asomé por la mirilla, y antes de ver a la persona, oí una voz de mujer diciendo que algo terrible le había pasado. Era la vecina del apartamento de al lado. Abrí y atropelladamente dijo que tenía una emergencia. Estaba recogiendo la casa para hacer la limpieza de fin de semana y llenando de agua la bañadera para bañarse. Salió al pasillo con un montón de periódicos viejos para colocarlos junto a la puerta y bajarlos más tarde al depósito de reciclaje en el sótano cuando, de repente, la puerta se cerró tras ella. Nadie en el edificio tenía llave extra de su apartamento. En un tiempo la tuvo un amigo que vivía al cruzar la calle, pero se había mudado recientemente, y el encargado de nuestro edificio vive en Long Island. A todas estas, como iba a bañarse en el momento en que la puerta se cerró, cuando tocó a la mía sólo llevaba puesta una camiseta que escasamente cubría hasta el principio de los enormes muslos, porque mi vecina pesa cerca de cuatrocientas libras. No, no estoy exagerando, es inmensamente gorda. Mi único trato con ella ha sido el de saludarnos cuando nos encontramos en el pasillo o los elevadores, pero muchas veces Iris y yo observamos, desde la mirilla de nuestra puerta, su recorrido del apartamento al elevador por las mañanas porque nos asombra el peso y nos llama la atención cómo camina, balanceándose de un lado a otro.

Le pedí que pasara. Entró con su balanceo, y la tela fina de la camiseta dejaba ver los numerosos cúmulos de grasa, apelotonados debajo de los brazos, en las caderas, los muslos. Llevaba el pelo castaño suelto y los ojos, de un gris claro, lucían casi transparentes. Nunca la había visto así de cerca. Una cara muy linda, la piel lisa, los labios ligeramente gruesos y los dientes blancos y parejos. Fui hasta la cocina para buscar en una gaveta el teléfono de emergencia y localizar a alguien del departamento de mantenimiento del edificio que resolviera la situación. Si no lográbamos comunicarnos con nadie, llamaríamos un cerrajero.

Aquí empieza lo difícil de contar. Cuando comenzó a caminar

para sentarse en el sofá de la sala y cerré la puerta tras ella, irrumpió en la casa una fetidez horrible. No voy a intentar describirla porque he tratado de hacerlo mentalmente durante todo este tiempo y no he podido. Muy fuerte. El olor más fuerte que he olido en mi vida. Un poco agrio y algo salado, tal vez parecido al de las conchas marinas en descomposición a la orilla de una playa, cuando han estado al sol por varios días. Primero, sólo olí, no pensé, pero al aumentar la pestilencia según entraba ella, imaginé que era idea mía, no podía venir de mi vecina, una mujer con un apartamento normal, un trabajo, amigos que la visitaban. Pero cuando se sentó y me acerqué a darle la guía de teléfonos para localizar un cerrajero, ya que no fue posible dar con el encargado de mantenimiento, me convencí de que sí despedía un hedor de espanto. No se había bañado en una semana, por lo menos. Sentí náuseas, se lo juro, tan fuerte era la peste. La situación me parecía irreal, como si estuviera mirando una película o algo así. Terminó su llamada telefónica y dijo que el cerrajero se ocupaba de otra emergencia en ese momento, pero estaría allí en media hora para ayudarla. Media hora, pensé. No sabía si podría soportarlo, pero no quería ser inhospitalario.

Me senté frente a ella en una butaca, en vez de a su lado en el sofá, y traté de imaginar que mi nariz no existía e ignorar las arcadas que me subían del estómago a la garganta cada vez que se me olvidaba olvidarme del olor.

Comenzamos a hablar sobre la inconveniencia de no tener un encargado viviendo en el edificio y de ahí pasamos a celebrar la suerte que teníamos de ser tan bien llevados todos los vecinos del sexto piso. La hediondez emanada por la mujer, recostada ahora al espaldar del sofá con las piernas entreabiertas, imposibles de cerrar debido al diámetro de los muslos, invadió la sala. Al principio traté de no respirar con la regularidad habitual. Entre ahogarme o aspirar los mariscos podridos en que me sentía sumergi do, preferí esta opción. Yo escuchaba el ritmo y la entonación del sonido que salía de la boca sin prestar atención a las palabras. Al cabo de diez minutos ya no oía, toda mi energía dedicada a sobrellevar el trance.

De momento, su mirada se volvió profunda y comenzó a no concordar con la trivialidad de la conversación. Fijos en mis ojos los suyos grises y grandes, no parpadeaban. Los ojos y la boca me enviaban diferentes mensajes. Hablaba sin interrupción en un tono bajo y cálido, porque la voz la tiene linda también.

Entonces, pasó lo más raro del mundo. De momento me di cuenta que estaba respirando a toda capacidad, no quiero decir normalmente, sino a todo pulmón, como en los ejercicios de yoga. El hedor había desaparecido, transformado en un aroma penetrante que yo aspiraba con avidez. La mujer, recostada con mayor languidez, mostraba por entre los muslos, más abiertos ahora, su sexo oscuro emanando aquel olor embriagante, porque de allí brotaba la poderosa fragancia. Y ya no pensé más, no sé qué facultad se me entorpeció, pero de momento callamos y yo miraba fijamente, sin disimulo, la gruta sombría y aspiraba el olor con fuerza queriendo hundirme en él, que me envolviera, me devorara. Ella, haciendo un esfuerzo y cambiando de posición varias veces, separó completamente las piernas, y los pliegues de la vulva abierta exhalaron con violencia un perfume arrobador para mí ahora. Me desenfrené. Se dejó caer hacia atrás en el sofá y subió la camiseta con sus manos, dejando al desnudo los voluminosos senos y las trescientas libras de carne que los rodeaban. Loco, le juro que me volví loco. Desenfrenado. Nunca me había pasado algo así. Lo único cuerdo a que atiné, gracias a Dios, fue a sacar un condón de la gaveta del escritorio donde siempre guardo algunos por si a Iris y a mí se nos antoja viendo televisión después que la niña se duerme, y me lo puse. No hubo romance. Oiga, y mire que yo soy un tipo romántico hasta en las situaciones de más apuro, ya usted ha oído el cuento de Jaimanitas. Pero aquello fue otra cosa. Fui hasta ella con los pantalones bajos, sin acabar de quitármelos. Me lo encaramó encima y la penetré despacio al principio, pero con fuerza salvaje después. Ella se dejaba hacer. Me recibió abierta y suavecita, tan grande sobre el sofá, que no cabía entera y las carnes colgaban por el lado y yo, en medio de aquello, tratando de sujetarla para que no se cayera al piso. Me hundí en su cuerpo. La fragancia me envolvía, y más olía, más quería oler. Mi nariz recorrió su cuerpo completo, buscando con fruición los lugares más escondidos, los del olor más penetrante donde la grasa acumulada formaba laberintos de piel. ¿Usted se imagina?

En realidad no duró ni diez minutos. Salté del sofá cuando el cerrajero llamó por el intercomunicador. Se bajó la camiseta, yo abrí la puerta y mientras caminaba a su apartamento me dio las gracias por la hospitalidad.

Al entrar al mío de nuevo y cerrar la puerta, volví en mí y un hedor nauseabundo casi me desmaya. Prendí incienso y abrí las ventanas aunque la temperatura estaba bajo cero. El olor amainó pero no pude leer, pensando en lo sucedido. Por la tarde cociné arroz con pollo con mucho ajo y aceite de oliva, para impregnar el apartamento con aquellos olores antes de que Iris llegara. Pero tan pronto entró, preguntó qué olía tan extraño. Le dije que probablemente era la mezcla del incienso con los condimentos de la cocina. "Tal vez, dijo, pero a mí me huele a mar".

La mañana siguiente, al abrir la puerta para recoger el periódico, encontramos tres hermosas peras y una notica de *thank you* firmada por la vecina. Le conté a Iris que se había quedado en el pasillo sin llaves y yo la había ayudado a resolver el problema. La encuentro a cada rato y nos saludamos con la misma cordialidad impersonal que lo hacíamos antes de que se le cerrara la puerta, pero aquello no deja de mortificarme.

Dígame usted, ¿cómo explica que un tipo como yo, que nunca ha resistido una peste a grajo, disfrutara una mucho peor? ¿Hasta dónde hubiera llegado mi desenfreno si el cerrajero no llega? Eso es lo que más me preocupa. Al final, uno nunca sabe de lo que es capaz, puesto en determinadas circunstancias. Si no fuera por el condón que guardé y miro a cada rato, pensaría que fue una pesadilla.

¿Que por qué lo guardo? No sé. No lo sé.

# Entre amigas

S i lo que voy a contarle pasó, ésta es una verdadera historia prohibida, tanto, que únicamente porque confío en su discreción absoluta voy a contársela. De hablar usted yo podría ir a la cárcel, pero cabe la posibilidad de que mi recuerdo no sea correcto y entonces el pecado estaría sólo en mi imaginación. No sé. Tengo unas amigas a quienes puedo preguntarles y comprobar si fue cierto porque ellas estaban allí, pero no voy a hacerlo jamás.

Los seres humanos somos extraños. A lo mejor yo sola soy así, pero no lo creo, a todos nos pasa, porque a mí sin preguntarles me han contado cada cosa. Hay zonas de nuestro pasado que quisiéramos borrar, no mencionarlas nunca, y de repente un día sentimos necesidad de hablar y la lengua se nos afloja. Una tentación peligrosa, por algo dicen que al lechero no lo mataron por aguar la leche, sino por decirlo. Pensé tener los labios sellados para la eternidad sobre este asunto, pero cuando Iris, la abogada con quien trabajo, me comentó hace dos semanas durante el almuerzo lo bien que se sentía su amiga Mayté después de haber venido a verla a usted, me dieron ganas de contar mi historia.

Mayté es la muchacha periodista que tuvo un romance, si puede llamarse así a aquello, con una prima que vino de Cuba a visitarla. ¿Se acuerda? No lo menciono por indiscreción, ella ignora que yo lo sé, es sólo para que entienda porqué estoy aquí.

Mi caso es distinto. No he venido por sentirme mal, al contrario, estoy mejor que nunca en mi vida. Tengo un buen trabajo como secretaria ejecutiva, mi propio apartamentico, mi hijo vive por su cuenta y tiene un trabajo decente ¿Qué más puedo querer? Jamás soñé tener tanto.

Tal vez... se me ocurre en este momento, quisiera tener lo que tengo sin haber pagado el precio que pagué.

A fines de los sesenta fue mi primera llegada a este país, tras muchos contratiempos de última hora. Con aquel viaje se me cumplió esa ilusión tan grande que tuve desde chica de venir a los Estados Unidos, nacida cuando veía llegar a mi tío Silvestre a visitarnos al Perú cargado de regalos para todos, y se me encandilaba la esperanza. Cuando vine para acá él vivía en California hacía como treinta y cinco años.

Me quedé dormida y perdí el avión por la despedida que me dieron mis amigos la noche anterior, pero tomé el del próximo día y mi amiga Mónica me recibió en Miami. A los pocos días fui a visitar a mi tío. ¡Estuvo tan alegre de verme! Pasé un mes completo paseando con él y su esposa por San Diego. Maravillada, no cesaba de admirar la variedad de gente, tan diferentes a como son en mi país. En Miami los cubanos, en California los mexicanos, los distintos acentos al hablar.

Luego decidí regresar a Miami y me puse a trabajar sin papeles en una casa de ricos. Seis meses estuve ahí. Ganaba poco y nada más salía los fines de semana a visitar a mi amiga peruana, pero me sentía protegida. Una sola cosa nublaba mi tranquilidad. Mi mamá, con ese miedo grande de todas las madres de perder a su hija, me mandaba a buscar constantemente diciendo que mi jefe la llamaba a diario preguntando cuándo iba a regresar al trabajo, un puesto del gobierno de ésos que sólo se consiguen con recomendación. Al mismo tiempo, inmigración comenzó a molestarme con cartas constantes. Salía del país o me deportaban.

Los dueños de la casa eran dos hombres y estaban muy satisfechos conmigo. Percy, el más viejo, ya tenía sus setenta años, pero no los representaba. No era malo, durante el tiempo que trabajé allí me sacaba a comer de vez en cuando, sin sospechar yo sus intenciones. Después de haberles servido el desayuno, una mañana me hicieron una propuesta. "Tú eres una chica bonita", dijo el más joven, "yo me casaría contigo y así resolverías tu problema de residencia, pero no puedo porque sólo estoy separado de mi esposa. Sin embargo, puedes casarte con mi amigo Percy, él sí es soltero y tiene mucho dinero, míralo bien, tiene ojos azules". Al oír a su amigo, Percy se puso colorado, era tímido. Pensé que la intención de la oferta era proporcionarle una enfermera perpetua al viejo y no acepté. Quería casarme por amor. Felizmente, yo había ahorrado dinero en aquellos seis meses y sirvió para regresar a mi país y a mi trabajo del gobierno.

La ilusión con Estados Unidos continuó y dos años más tarde regresé, ahora a New York con unas vecinas mías, tan ilusionadas como yo. No quise Miami, ahí inmigración fastidia mucho. Pensábamos ir a Newark, a casa de Mónica que se había mudado para allá, pero el destino nos hizo anclar en Nueva York.

Al llegar al aeropuerto las tres, muertas de miedo, decidimos tomar un taxi. Pedimos al chofer que nos llevara a un hotel no muy caro y nos llevó directo a uno de mala muerte en Brooklyn. Al llegar, el empleado de la carpeta, un indio de Trinidad muy amistoso, nos hizo una serie de preguntas averiguando quiénes éramos. Le contamos y después nos acomodó en un cuarto estrecho para tres personas, pero a nosotras nos sobró espacio porque, aterrorizadas, dormimos las tres en una cama sin poder descan-

sar, mirando a la puerta, creyendo que a cada segundo alguien
iba a entrar.

A la mañana siguiente el señor de Trinidad, quien todavía atendía la carpeta, nos preguntó por qué queríamos ir a Newark, él
podía hablar con una mujer conocida para que nos alquilara un
cuarto. En un santiamén la llamó e hizo el arreglo. Era una señora
dominicana, madre de una niña de catorce años y de unos
varoncitos de tres, dos y uno. Estos tres cabían debajo de una
canasta, como dicen en mi país. El hombre del hotel, casado con
otra mujer y con más hijos, era amante de Yokasta y padre de los
pequeñitos. Venía a verla sólo para hacerle hijos. Ella nos dio cuarto
y comida por poco dinero a cambio de que obedeciéramos dos
reglas. No podíamos llegar después de las once de la noche ni
llevar hombres a la habitación.

Después de acomodar nuestras cosas, por la tarde nos llevaron a
pasear en carro. Fuimos a la playa Rockaway. Era casi fines de agosto y estábamos tan contentas, tan esperanzadas con nuestra nueva
vida que ni el sofocante calor nos importaba. Todo parecía interesante. Nos bajamos del carro y mientras mis amigas, Anita y Victoria se quedaron viendo jugar *handball,* una novedad para ellas, seguí andando por la arena hacia la playa. Caminé por la orilla sin
zapatos, con los pies dentro del agua. Dos hombres en traje de baño,
sentados en la arena, me miraron. Uno de ellos caminó hacia mí y,
como los hombres saben hacer, me preguntó el nombre y número
de teléfono. Yo no hablaba inglés. Llamé a Victoria que sabía algo,
y tradujo. Se llamaba Joe y dijo que me llamaría pronto.

Esperé ansiosa, pero nada pasó en los próximos días. Mis amigas y yo decidimos comenzar a estudiar inglés de noche en una
escuela pública. Allí conocimos un montón de italianos. Uno de
ellos, Nicky, me invitó a salir. Me llevó a comer a Manhattan, a un
restaurante muy iluminado en *Little Italy.* Fuimos con mis dos
amigas y dos amigos de él. Después salíamos a cada rato.

Cuando menos lo esperaba, un domingo por la tarde a las dos semanas de la primera salida con el compañero de clase, Joe llamó y también me invitó a salir.

Al abrir yo la puerta, sonrió, inclinó la cabeza hacia abajo en saludo ceremonioso y extendió hacia mí el brazo derecho entregándome un ramillete de rosas rojas con un botón blanco en el centro. En la mano izquierda traía una bolsa con jugos, leche y otros comestibles. Por un tiempo continué saliendo con los dos amigos. Como a los seis meses, durante los cuales Joe mandó religiosamente todos los viernes a la oficina donde yo trabajaba una canasta de rosas rojas con el botón blanco en medio, me propuso matrimonio y Nicky se alejó, triste. Escribí a mis padres en Perú sobre mi compromiso y lo aceptaron complacidos.

Joe tenía una cara de pómulos anchos y ojos grises de mirada tal vez demasiado dura, pero yo sentía fascinación por él, sobre todo por sus sufrimientos. Encontraba tan interesante y distinta a todo lo que había conocido en mi vida la historia de horror de él y su familia durante la segunda guerra mundial. Era polaco y pasó mucho, hasta rata comió. Tenía un montón de habilidades y gran aptitud para la música. Tocaba acordeón, piano, cantaba en público, le gustaba la playa, la pesca, los *picnics*. Hacía fiestas, invitaba gente a la casa para tomar, y se gastaba todo el dinero en ellas. Después de casados, nunca supe adónde iba su sueldo y ganaba bastante. Sabía karate a la perfección y manejaba las armas de fuego como un profesional porque había sido entrenado en la *organización*. Eso era un secreto y no podía comentarse con nadie. Como hablaba más de seis idiomas, la *organización* lo había reclutado mientras aún estaba en Polonia y lo ayudó a salir de allá. Cuando recién llegó a Estados Unidos, lo mandaron a diferentes países de Sudamérica. Para mí era un James Bond. ¿Cómo no iba a enloquecerme por un hombre así? Jamás había conocido uno parecido, fuera del cine. Culto, buen mozo, con buenas cualidades.

El veinticuatro de diciembre, día de nochebuena, me trajo un anillo de diamantes y dijo que me lo quería dar en la misa de gallo en una iglesia en Long Island, cerca de donde vivían su mamá y hermana, quienes asistirían a la misa para conocerme. Propuso que pasara la noche en casa de su familia. Le contesté que debería estar en casa de la señora Yokasta para las once de la noche. Era su reglamento y yo siempre lo había respetado. Ni pensar en permanecer toda la noche afuera, para ella sería inadmisible. El insistió, yo no accedí. De repente, pasando de una discusión razonable a un estado de cólera imprevisto, dijo que si no iba a dormir con él no me dejaría el anillo de diamantes. Se lo llevó y no lo vi más. Después me enteré que lo había enterrado aquella noche en la misma playa donde nos conocimos, junto a una roca. A la mañana siguiente fue a buscarlo y ya no lo encontró. Lo buscó largo tiempo a gatas, escarbando en la arena. Al cabo de varias horas tenía la espalda encendida del sol y nunca apareció.

Preparamos la boda con ayuda de su hermana, pero se disgustaron antes del día fijado y terminaron no hablándose. Según ella me dijo, fue por causa de las borracheras de él, pero hasta aquel momento no lo había visto beber más que en reuniones sociales. A veces bastante, pero siempre en fiestas y no pasaba nada desagradable.

Nos casamos solos. Disgustado con todos como perros y gatos. Después de la pelea con su hermana terminaron las fiestas y no consintió en invitar ni a mis amigas ni a la señora Yokasta a la boda. Decía que no quería gastar en nadie. Fuimos a la corte de Queens Boulevard a celebrar el matrimonio. Yo me puse un vestidito blanco y nos tomamos una botella de champagne entre los dos. Eso fue todo. A pesar del atribulado comienzo, me fui feliz a vivir en su apartamento. Estaba muy sola porque mis amigas, por supuesto, se disgustaron por no haberlas invitado al casamiento y no me trataban. ¡Qué error tan grande el que cometí!

Salí embarazada e hice una barriga muy mala, con unos vómitos que no pude comer nada hasta los cuatro meses de embarazo. Alrededor de ese tiempo, comenzó a llegar muy extraño. Ya no podía ni conversar con él. Como me quedaba sola, al regresar del trabajo me acosaba a preguntas. Qué había hecho, si había salido, y de ser así, a qué. Todas las noches venía raro y yo no me daba cuenta de lo que se trataba, hasta que sola, sin ayuda ni consejos de nadie, fui estudiándolo y me di cuenta de que tomaba, hasta su cara cambiaba. A veces me confundía con el amante que tuvo su primera mujer, un homosexual cubano que trabajaba de cortador en la pequeña factoría de cortinas que Joe tenía. El era el dueño del negocio, pero lo perdió todo en el divorcio y cuando yo lo conocí trabajaba para alguien.

Es cierto, se me ha olvidado contarle que Joe estuvo casado con anterioridad y tenía cinco hijos con la primera esposa, incluso un par de mellizos. Aparentemente sufrió mucho con ella. Decía que confió en el homosexual cubano, al que creía su amigo y además inofensivo respecto a cualquier desliz amoroso, hasta un día que llegó a la casa fuera de hora, supo que él estaba allí por el carro estacionado frente al edificio, subió y sintió mucho silencio al abrir la puerta. Entonces comenzó a caminar despacito hacia el cuarto y lo encontró acostado con su esposa, haciendo lo mismo que hubiera hecho de no haber sido maricón. Joe decía que por eso ya no confiaba en las mujeres. Por la mañana, se despedía con besos y abrazos. En la noche llegaba borracho a hacerme las mismas preguntas. Qué había hecho, si había salido, a qué. Cada vez las preguntas eran más insistentes y el tono de voz más alto. El respeto se fue perdiendo de tal forma, que las preguntas insultantes llegaron a ser nada en comparación con otras cosas. Una noche al regresar, después de las preguntas me pegó una bofetada, me agarró el vestido por los hombros y me alzó con tal brusquedad y rabia que tuve marcas en las axilas por días. Ya yo estaba pesada con la barriga.

El tiempo fue pasando, el niño nació y las cosas para mí de mal en peor. Un día encontré en la parte de afuera de la puerta de entrada del apartamento un montón de fósforos sin encender. Me estuvo muy raro y cuando regresó por la noche le pregunté su significado. Todos los días, contestó, cuando yo cerraba la puerta tras él, ponía un fósforo paradito, recostado a la puerta. Así, al abrirse caería y si cuando él regresaba por la tarde yo le decía que no había salido, sabría que mentía. Como mi hijito ya caminaba, iba a jugar junto a la puerta y al golpearla el fósforo caía, confirmándole una sospecha sin ningún fundamento.

Al llegar de noche agarraba el plato de comer que encontraba servido sobre la mesa y lo estampaba contra la pared o el fregadero y después a punta de golpes y gritos me ordenaba recoger y limpiar. Yo iba corriendo, antes que me hiciera un daño mayor. Aquello se fue volviendo costumbre. Andaba morada, con la boca hinchada, los ojos negros, llena de bultos la cabeza. Las noches eran un martirio. Trataba de mantener la casa impecable con la ilusión vana de que la situación mejoraría, la comida lista y caliente cuando él llegaba, sus calzoncillos y camisetas limpios y doblados, pero ya era costumbre venir borracho, unas veces más, otras menos, con reclamaciones y reproches locos, y yo sin saber dónde meterme. Me decía, trágame tierra. Quería morirme. Venía y me llamaba a las malas: "Siéntate junto a mí", y ahí comenzaba el interrogatorio sobre mis antiguos enamorados, sobre todo Nicky. Afirmaba que sus amigos eran investigadores privados y que uno de ellos, trigueño que no parecía ser americano, hablaba español, y él lo había mandado a espiarme cuando yo estaba conversando con mis amigas. Decía haberse enterado de que yo veía a Nicky estando ya con él. Me torturaba afirmando que yo había sido amante de Nicky y que le dijera qué habíamos hecho. Al responder yo: "nada", ¡jua! me caía una cachetada encima. "Habla, ¿adónde fuiste con él?" Yo comenzaba a llorar y me seguía pegando. A veces me agarraba en el baño. Una vez, cuando estaba por salir de la ducha me comenzó a pegar y caí contra el borde de la bañadera. Me golpeé junto a la sien y me bañé en sangre. El tiró una toalla y casi se empapó toda. Durante mi vida con él lloré, creo, hasta haber podido llenar un balde de lágrimas. No se lo deseo ni a mi peor enemiga. Pasé años sin saber qué hacer. Rezaba, sufría, lloraba, temblaba. Acostaba al niño temprano para evitarle el espectáculo bochornoso de ver la humillación de su madre, y después rezaba pidiendo ayuda al cielo. Siempre hacía al niño rezar antes de ir a la cama y a veces, cuando mi esposo no estaba borracho, lo hacíamos los tres juntos. El era muy católico.

Al principio no me dejaba trabajar por los celos, pero después, cuando el niño comenzó a ir a la escuela, yo conseguí unos trabajitos limpiando las casas de los judíos alrededor de la mía. Más tarde comencé a cuidar ancianos enfermos, donde me pagaban mejor. Era muy hábil, decían las enfermeras y aprendí a manejar las máquinas de oxígeno, a cambiar los sueros intravenosos cuando se terminaban y hasta inyectaba a los viejitos en las emergencias y a los diabéticos les ponía insulina. Cuando cobraba, Joe me decía: "Pon el dinero encima de la mesa". Pagábamos todas las cuentas a la mitad y el resto se lo metía en el bolsillo para sus gastos. Yo me quedaba limpia, como si no hubiera ganado un centavo y después andaba detrás de él pidiéndole. Me compraba sólo lo necesario, el resto era regalado por las mujeres de mis trabajos, que fueron aumentando hasta trabajar seis días a la semana por más de diez años, hasta después de viuda.

Una noche de las tantas que vino borracho me confundió con el cubano amante de su ex mujer. Comenzó a llamarme por su nombre, Marcelo, y a tirarme patadas de karate. Con el talón me dio en la cara. Al instante la sangre corría como un río, todo el lado derecho inflamado y el ojo cerrado. Comencé a gritar. Ya no me importaba. Gritaba a todo pulmón. Eran como las dos de la mañana. Lo peor siempre pasaba en las noches de los viernes y los sábados, entre las diez y las tres de la mañana. Me llevó a punta de insultos a emergencia a un hospital chiquito que estaba cerrando ya cuando llegamos. No tenían equipo ni para sacarme una placa. El mismo agarró el teléfono en el hospital y llamó a la policía. Al llegar me preguntaron si quería enviarlo a la cárcel. Les dije que no pensando que cuando saliera me mataría.

A veces despertaba en medio de la noche y al verse solo en la cama comenzaba a buscarme y me hallaba durmiendo en el sofá de la sala, crucificada a golpes. Quedaba atónito, sorprendido, no recordaba haberlo hecho y me pedía disculpas. Pero lo volvía a hacer.

En Navidad, después de haber terminado de arreglar el arbolito, quiso tumbarlo al piso. El niño había pasado el día decorándolo. Corrió y se paró frente al árbol para protegerlo. Comenzó a pegarle salvajemente, sin mirar dónde caía el golpe. Le rompió la frente y sangraba encima de un ojo. Yo me metí y terminó golpeándome a mí con saña. Esto ocurría con frecuencia. Después, el niño y yo yacíamos en la cama por horas, apretados uno al otro, aliviándonos los golpes recibidos sin culpa. Era un horror. De momento venía con que le habían contado que yo había hecho esto y lo otro, y rompía fotos pasadas porque veía un hombre en ellas sin haber ninguno.

No aguanté tanto por masoquista ni porque me gustaran los golpes, es que no hallaba la manera de irme. Amenazaba, decía que donde quiera que fuera me encontraría y aniquilaría. Yo vivía aterrorizada. Además, no podía reprocharle porque negaba ser alcohólico. También fumaba muchísimo, cada vez más. Llegó a fumarse tres cajetillas diarias.

Como consecuencia de esos doce años de matrimonio me quedó un pómulo rajado alrededor del ojo y se me bajó un lado de la mandíbula hasta el día de hoy. Una vez le pregunté a un doctor acerca de ese hueso y me dijo: "déjalo ahí, no hagas nada". Yo me doy cuenta de que tengo un pómulo hundido.

Sufría y sufría y no tenía nada, ni la residencia en este país. No puedo describir con palabras cómo me sentía. Menos que una cucaracha y totalmente desvalida. Ya con más de diez años de casados, le exigí que comprara una propiedad, y tal vez porque comenzaba a sentirse enfermo aunque ni él mismo se diera cuenta, y no tenía el mismo ánimo para pelear, accedió. Fuimos a *upstate* New York y compramos una casita en un terreno de seis acres, con árboles frutales y unas cuestas por donde el niño y yo nos deslizamos aquel invierno cuando se cubrieron de nieve. Bien al norte, cerca de Canadá, por donde al río Hudson le dicen North River y es más estrecho que el que nosotros vemos por aquí abajo. La cabaña era chiquita, de troncos, con una chimenea vieja, pero me gustaba mucho ir allí.

Al comenzar la primavera empezó a toser mucho, no tenía apetito, sólo bebía alcohol. No quería manejar y los viajes al campo fueron cada vez más esporádicos. Me dio una tristeza cuando vi muertas las flores que sembré con tanto esmero. Lo mandé al doctor. Al principio no me hizo caso, pero se fue enfermando más y un día decidió ir. Salió por la mañana y no regresó hasta la noche, con una máscara que le cubría la nariz y la boca. Sentado en la cocina me dijo que sólo había venido a decirme que estaba enfermo de tuberculosis y lo iban a hospitalizar. Lloré, no podía creerlo. En mi país vi a muchos vecinos morir de tuberculosis, pero aquí, con la abundancia de comida que había en mi casa, no podía creerlo. Mi mamá le temía mucho a esa enfermedad y nos alimentaba bien y nos mandaba a pasar una vez al año por los rayos X. Pero aquí, en un país tan adelantado. Comida era lo que él más compraba. Tenía una sicosis por lo que había pasado en la segunda guerra mundial. Decía que había tenido que comer de la basura, cuando la gente se mataba por un pan.

Al hospitalizarlo quedamos solos el niño y yo. Mónica y la señora Yokasta se enteraron y comenzaron a visitarme a cada rato. Ellas dos se hicieron íntimas. Fue muy bueno recuperar la amistad, hablar nuevamente. Casi me había olvidado de cómo una se sentía conversando normalmente, compartiendo opiniones con alguien sin ser insultada. Les conté mi odisea mientras tomábamos café en la cocina, pero tenía un sobresalto constante al pensar que Joe pudiera entrar y encontrarlas allí, con lo que las odiaba. Sabía que no era una posibilidad real, pero así y todo temía. Siempre temía.

Al cabo de un tiempo en el hospital, lo mandaron para la casa. Tenía que tomar dos pastillas diarias a la misma hora siempre y yo era la encargada de dárselas. Pensé que escarmentaría de la bebida, pero siguió tomando, arruinando con los tragos el efecto del medicamento, creo yo. En una de las citas con el doctor, esperé un descuido de Joe, y se lo dije al médico. Se disgustó mucho por la falta de responsabilidad del tuberculoso, pero a Joe no le importó, tal vez quería morirse.

No trabajaba. Todo el día en la casa, cocinaba y atendía la ropa mía y del niño. Estaba siempre atento a los detalles. Una tarde fue a buscarme a uno de mis trabajos. Terminé y subí al *van*. En cuanto estuve sentada me dijo algo tan grande que me pareció mentira. El doctor le había dicho que tenía cáncer en los pulmones. La causa había sido, según Joe, la frecuencia con que lo habían tenido que pasar por los rayos X debido a la tuberculosis. Yo lloré, grité mucho y lo insulté porque sabía que éste era su fin. "¿Por qué tomaste y fumaste tanto? ¿Por qué no me hiciste caso?" Calló.

A veces pienso que todo le vino a consecuencia de la muerte de su madre, poco después de habernos casado. Al encontrarse en la funeraria con su hermana, ella le dijo que su mamá había muerto por culpa de él. Nunca supe la causa del reproche porque nunca más le habló ni la visitó y me prohibió a mí visitarla, pero después del entierro tomó y fumó más.

Al verse tan enfermo decidió conseguirme la residencia en este país. Por años me acusó de haberme casado para obtenerla, por eso nunca la tramitó ni permitió que la tramitara yo. Teníamos doce años de casados. Buscó un abogado en el periódico, el más rápido, y nos fuimos por lo que para mí en aquel entonces era la calle de los chinos, en la punta de Manhattan. El abogado lo recriminó cuando se enteró que me había hecho perder el tiempo de aquel modo, le dijo que era como si yo recién hubiera llegado. "¿Por qué lo hizo?" Le contestó que creía que como él era ciudadano yo la obtendría automáticamente. El sabía bien que eso no era así, mentiroso.

Su enfermedad se fue agravando después de haber sido operado. Primero le cortaron un pedazo de pulmón, después le cortaron otro y a esto siguieron otras operaciones. Al final yo era quien lo bañaba, lo cambiaba, se lo hacía todo. Cerraba la tapa del inodoro y lo sentaba en ella para peinarlo, como hacía a mi hijo. Luego se echaba en la cama y lo afeitaba. Me hice experta en ese tipo de cuidados. Primero le ponía paños de agua hirviendo, crema de afeitar y entonces lo afeitaba. La cosa se puso peor y peor. Ya ni dormía del dolor. Tuve que irme a dormir a la sala con mi hijo. Le molestaba cualquier movimiento ligero de la cama. Una mañana me mandó al hospital a cambiar las pastillas de calmante que usaba por unas más fuertes. La enfermera me dijo que esas eran las más fuertes.

A todo esto, se negaban a hospitalizarlo, decían que ya no podían hacer nada por él. En la noche me llamaba mucho. Desesperada, decidí una madrugada en medio de sus quejidos hablar con el doctor, ir a verlo, hacer lo que fuera, llorarle a gritos, suplicarle que lo recibieran en el hospital de nuevo. Un día lo iba a encontrar muerto al regresar del trabajo, pensé.

Conseguí su ingreso en el hospital y llegó el día de su partida. Recuerdo esto bien claro. Se sentó en el filo de la cama y sacó su billetera. La miré y pensé que yo jamás la había tocado. Me entregó la tarjeta del seguro social y la de su sindicato y me dijo que de esos lugares iba a recibir dinero cuando él no estuviera. Me pidió disculpas por no haberme gestionado nunca la residencia y porque no fui a ver a mi madre en catorce años que habían pasado desde que llegué a este país. Dijo que el problema había sido que siempre trató de protegerme y en realidad me sobreprotegió. Terminó diciendo: "Discúlpame por haberte hecho tanto daño". Caminamos para la cocina, quería un poco de café antes de irse, y allí me dijo lo mucho que me quería y que sabía que éste era el fin. Iba a morir y allá estaría esperándome. Me pidió guardarle luto por lo menos un año y después que me casara, no era bueno para una mujer quedarse sola, como le pasó a su mamá.

Mientras me decía esto yo pensé: "No vuelvo a casarme".

Tomamos un taxi, siempre con nuestro hijo, jamás tuve niñera. Lo internaron. El médico dijo que no sabía cuánto tiempo iba a vivir, nunca podía decirse. Era muy fuerte y habría mejorías y recaídas. Sólo Dios sabía. Lo iba a visitar a diario, qué trajín, del trabajo a mi casa y al hospital con el niño a cuestas, y para colmo, el reglamento prohibía la entrada de menores y muchas veces no lo dejaban pasar por tener sólo once años. Entonces era buscar cómo dejarlo abajo para yo subir o subirlo escondido, cuando encontraba una oportunidad de hacerlo. Como las enfermeras supieron que yo sabía cuidar enfermos, se despreocupaban de venir al cuarto estando yo allí. Lo alimentaba y aseaba después de hacer sus necesidades. Al terminarse el suero, cerraba la llavecita que da entrada al líquido en la vena, retiraba la bolsa, la llevaba a la enfermería, traía una nueva, la colocaba en el aparato y abría la llavecita con cuidado para que goteara la cantidad adecuada. A veces controlaba el tanque del oxígeno, abriendo o cerrando la válvula para que saliera más o menos, cuando él se sentía molesto. Las enfermeras y hasta los doctores me adoraban. A veces les daba una mano incluso con otros enfermos.

Sola con el niño lloraba mucho, llena de miedo. Parecía una muerta viva, tenía miedo de estar en mi casa, no sé por qué. Una noche Mónica y yo comíamos un cebiche y unas papas a la huancaína que trajo y al verme desaliñada y ojerosa de no dormir, me miró fijo y me dijo: "¿Elena, qué tú lloras, qué tú extrañas, la tortura?" No podía evitar lamentar su suerte, nadie es completamente malo. Cuando no tomaba era bueno. No estoy sacando la cara por él ni defendiéndolo, sólo tratando de decir la verdad.

En un momento de alivio, le pregunté si había puesto la propiedad a mi nombre. Lo hice porque lo había visto, borracho, mandar sólo el suyo para el título. Yo no figuraba y estábamos casados. Me dijo que ya lo había hecho que no me preocupara. Al poco rato llegaron Mónica y la señora Yokasta a visitarlo. Venían a cada rato, más por acompañarme a mí, y como a Joe le costaba un enorme esfuerzo hablar y no podía casi moverse, la mayoría de las veces no se enteraba de la visita. Cuando no dormía, las veía llegar y cerraba los ojos, sin fuerzas. Les comenté mi preocupación por el título de propiedad de la casa de *upstate*. Estaba muy asustada, no sólo por la cabaña, pensé que a lo mejor me quitaban el apartamento donde vivía al no vivir mi esposo allí. Como mi nombre no figuraba en ningún documento. Mónica y la señora Yokasta me dijeron que eso no era posible. Para tranquilizarme y cerciorarnos de la verdad, a los pocos días me llevaron a ver un abogado. Nos dijo que Joe nunca había puesto la casa a mi nombre. Al aparecer en los títulos de propiedad sólo el de él, teníamos que dividirla con los cinco hijos del primer matrimonio. Me dolió mucho y lloré a mares. Mónica y Yokasta renegaron de él y lo insultaron.

La ex esposa me citó en el lobby del hospital y llegó con sus gemelos. Quería su parte de la finca. Yo le reclamé. "¿Por qué me haces esto cuando soy yo la que he sufrido con él hasta el final?" Me contestó: "Tú eres joven y puedes volverte a casar. Hazlo con un rico. Nosotros no tenemos la culpa de lo que pasaste. También hemos pasado mucho". Se marcharon y no los vi más.

Subí al cuarto y Joe respiraba con mucha dificultad. Revisé la válvula del tanque de oxígeno para ver si había algún problema y todo parecía normal. Mientras movía la válvula llegaron Mónica y Yokasta. Les comenté lo mal que encontraba a Joe y comentamos mi encuentro con su ex esposa. Hablábamos de pie y me dijeron que mejor fuéramos a tomarnos un café al restaurante del hospital. Estaban cansadas pues acababan de salir de sus trabajos. La respiración de Joe se hizo más fatigosa. Me incliné hasta la válvula del tanque de oxígeno con la intención de abrirla un poquito, pero en vez de girarla hacia la izquierda, lo hice hacia la derecha, posición en que cerraba. Mi mano sintió la llegada al final, donde no continuaba girando. Apreté un poco, después con fuerza, sin interrumpir mi conversación con Mónica y Yokasta. Me incorporé y fuimos al restaurante.

Pedí macarrones con pollo y una ensalada. Tenía hambre y llegaría tarde a la casa. Había dejado al niño con mi cuñada, a quien hablaba ahora de nuevo. Pasaron como cuarenta y cinco minutos. Ya estaban cerrando la cafetería y ordenando a las visitas retirarse.

Subimos al cuarto para despedirnos de Joe. Había un gran silencio. En largo tiempo no lo había sentido dormir tan tranquilo. Me acerqué a la cámara de oxígeno debajo de la cual yacía y vi sus ojos entrecerrados, casi cerrados, pero con un filito abierto. Tenía la cabeza de lado y de la boca le colgaba un hilo fino de saliva que corría hasta la almohada. Mónica y Yokasta se acercaron. Está tranquilo, no lo molestes. Yo estaba en un estado de sopor haciendo la digestión de los macarrones después de muchas horas sin comer, cansada del largo día de trabajo, de las malas noches, de la mala vida. No pensaba, sólo actuaba. Me puse el sobretodo despacio y comencé a caminar hacia la puerta. No recordaba en absoluto que había cerrado el oxígeno. Todo fue tan extraño. Yokasta, ya lista para salir, con la cartera en la mano, me pidió esperar un momento. Puso la cartera sobre la única silla del cuarto, fue hasta el tanque, se inclinó e hizo girar la válvula hacia la izquierda. Noté el esfuerzo para abrirla por la contracción de la nariz y la boca mientras abría. Se puso la cartera al hombro y salimos las tres del hospital.

Eran cerca de las diez de la noche y comenzaba a refrescar. Caminamos hasta el *subway* en silencio, sin hablar mal de Joe, como hacíamos siempre. Han pasado más de diez años, nos vemos constantemente y jamás se ha mencionado aquella situación, con lo habladoras y cuentistas que somos. Con toda honestidad, he llegado a dudar seriamente de su realidad. Yo estaba tan cansada...

Del hospital me llamaron temprano al trabajo para informarme que había muerto la noche anterior, sin dolor. Lo lloré mucho. Me dio una indignación horrible que el médico hubiera hecho tanto énfasis en que murió sin dolor. De cualquier forma, estaba muerto. Fui para mi casa y di la noticia a los vecinos más allegados. Llamé a la escuela para notificar lo sucedido. El director me dijo que si quería enviaba al niño inmediatamente para la casa. Le dije que lo dejara allí hasta la hora de salida e hice un café para mí, Mónica y Yokasta. Nos lo tomamos calladas, con mucha paz, yo tranquila de que nadie llegaría a interrumpírmelo.

Ahora que sabe la historia, dígame, señora ¿usted cree que yo, con lo buena que fui con él y lo que lo quería a pesar de todo, pude haber sido capaz de desconectar la máquina y mis amigas de secundarme? ¿No cree que el dolor y el sufrimiento me hicieron imaginar ese horrendo episodio?

Tiene razón, perdone la pregunta, usted no puede saber. Entiendo.

# Desvaríos

**E**spero no le moleste que haya traído este bosquejo para guiarme en mi relato. Me siento más seguro al hablar asiéndome de algo escrito. Me costó mucho prepararlo, recuerdo poco mi niñez y he estado hurgando por días en los vericuetos de la memoria, pero creo haber logrado lo que me proponía al comenzar a escribirlo: información precisa y un suscinto recuento de los hechos relevantes en mi desarrollo como persona. Seré breve, soy preciso, como buen matemático, y no me gusta divagar. Ya comienzo.

A manera de introducción le diré que hace más de veinte años que no me acuesto con una mujer. Siempre con hombres, y negros. Por lo menos de color, de acuerdo a los estándars de este país. Los blancos no apelan a mi sexualidad. Eso sé de donde viene, lo otro, de lo que hablaré al final, no.

Primero voy a contar mi origen. Nací en un pueblo pequeño de la provincia de La Habana donde se cultivaban estupendas papas y frutas cítricas, todo se movía lento y sucedía poco. Alejados de la costa, no teníamos tráfico ni de botes. Por suerte, una zanja proveniente del río Mayabeque atravesaba el patio de mi casa y allí tuvo mi niñez algún solaz, además de haber aprendido a nadar en ella. Mi papá era el médico del pueblo, mi mamá la farmacéutica y ambos los dueños de la única farmacia decente de la comarca.

El gran acontecimiento del año era la llegada en julio de un circo de carpa rotosa, cuyas mayores atracciones eran un león sin dientes y *La mujer platino*, siempre recién llegada de una *tournée* por Europa de acuerdo al maestro de ceremonias, quien también estaba a cargo de la música de la orquesta y de vender los boletos en la taquilla. Flaco y viejo, tocaba los timbales cuando salía la rumbera, su mujer; el violín para el acto de la trapecista, su hija; y la batería para anunciar la entrada de *La mujer platino*, probablemente su amante. Llegaba al centro de la pista con paso rápido, vistiendo un bikini floreado y rotando las caderas al compás de la música. El movimiento continuo bamboleaba el vientre prominente y lleno de estrías, en cuyo centro un ombligo inclinado hacia afuera denotaba numerosos embarazos. Al pelo teñido de rubio claro debía la mujer su nombre en las tablas. Su número consistía en cantar boleros, lo que hacía de manera lastimosa, imitando a Olga Guillot y a María Luisa Landín. Patético el espectáculo cuando lo recuerdo ahora, pero entonces aquellas funciones producían un estado de excitación en mis nervios, que me impedía pasar bocado durante las comidas antes del circo.

Segundo, paso a contarle sobre mi crianza. Fui asmático desde bebé y sin hermanos, por consiguiente, crecí muy consentido. Tanto, que tuve niñera casi hasta entrar en la adolescencia. Todavía a los ocho años me bañaba Teresita, una muchacha corpulenta que me cuidó hasta esa edad, desde recién nacido. Para ser sincero, no me disgustaba su cuidado. Aún hoy guardo el sentimiento de placer después del baño, yendo en sus brazos hacia la cama arropado en una toalla inmensa. A lo mejor no eran tan exageradas ni la toalla ni la muchacha, pero enormes quedaron en mi imaginación. Ella me acostaba y así, desnudo, envuelto en la suavidad de la felpa permanecía un rato para hacer *reacción*, expresión misteriosa de mi abuela materna. Teresita me acompañaba en el proceso bajo la toalla, su cuerpo tibio y amplio calentando el mío de lagartija encajada en su pecho y en sus muslos. Dormíamos empiernados por quince o veinte minutos. Mi mamá o alguna de las abuelas, las dos vivían en casa, rondaban la habitación a menudo para cerciorarse del cumplimiento de sus órdenes. Disimuladamente entreabría los ojos y a través de las pestañas divisaba sus sombras sonriendo con beatitud ante la plácida escena. El lograr aquella siesta era uno de los factores principales para la adoración que la familia profesaba a la niñera, hasta un día en que le notaron el vientre más abultado de lo que justificaba su buen apetito y la despidieron.

Lloré mucho su partida, mucho. Traté de impedirla, pero las súplicas fueron inútiles. Pensaron que mi inocencia ignoraba la causa del despido, pero sabía mejor que ellos porque Teresita me hablaba de su novio con frecuencia y mi precocidad adivinaba lo que ella no decía. Para siempre me negué a hacer *reacción*, y entonces lloraron ellos, toda la familia. No me importó, sin el calor de Teresita no tenía gracia.

Cuando ella estaba, finalizada la siesta se sentaba en el borde de la cama, ponía mis pies sobre su saya y entalcaba una por una las separaciones entre los dedos con talco Mennen. Después, calmadamente me ponía las medias y los zapatos. Cada mañana antes de almuerzo, desde que tuve conciencia hasta los ocho años, fue así. Todos se maravillaron durante aquel período de mi vida de mi docilidad para el aseo. En realidad era la hora más placentera de mis interminables días de niño mimado criado antes de la era de los juegos de nintendo. Años después comprendí que la dedicación de Teresita se debía en parte a que la prolongación de nuestro rito matutino la eximía por horas de gravosas tareas domésticas.

Con tal celo me cuidaban y por tan frágil me tenían, que no me era permitido andar descalzo ni en los mediodías de color insoportable, cuando rogaba hacerlo mientras contemplaba con encono los anchos pies desnudos de Teresita deslizándose deleitados sobre los frescos azulejos blancos y negros de la amplia sala, brillosos y recién limpiados por Otilia, una mujer de largas trenzas grises que había envejecido solitaria como sirvienta de la familia.

Cuando llovía, jamás se refrescó mi cabeza, como las de otros niños, con el contacto del estruendoso chorro de agua clara que descendía por la canal de cinc que bordeaba el techo de tejas del portal, y recogía la lluvia de los copiosos aguaceros de verano para dejarla caer en el patio. Colérico, encerrado en mi cuarto y con las cortinas bajas, trataba de ignorar la diversión de los otros. Aún así escuchaba sus risas y carreras y me dolían.

Para mi mamá, hasta una inocente llovizna recibida durante el día sería capaz de desatarme al llegar la noche el pito en el pecho. *El pito en el pecho*, otra incógnita del léxico familiar que mis abuelas repetían junto a mi cama de enfermo mientras yo, meditando en la frase, luchaba por respirar en las madrugadas de ahogo.

Vivía lleno de prohibiciones, las de comida, las peores. Adoraba los mangos verdes, Dios me amparara de comerlos. En escala ascendente e irremediable vendrían indigestión, diarreas, fiebre alta, tifus.

Pero el peor tabú era el del pescado. Antes de servírmelo lo trituraban para sacarle las espinas. Terminado el proceso, después de haber borrado del plato original toda huella de variedad en la preparación, llegaba a mí convertido en bazofia aséptica y descolorida, según decían saturada de fósforo, para bienestar de mi cerebro. Los mayores comían pescado frito, en salsa de tomate, en salsa verde, rebozado, en sobreuso. El mío, siempre venía aporreado. Su aspecto nauseabundo impedía probarlo siquiera.

Cómo no iba a darme asco, si sabía que el amasijo insulso que me ponían delante era el producto final del manoseo de por lo menos veinte dedos, los diez de la cocinera, autora del largo registro en la carne del pescado, hurgando minuciosa más por temor a la ira de mi madre que a mi atragantamiento y después los diez de mi mamá, apurruñándolo centímetro a centímetro para cerciorarse de que no había vestigios de espinas. Y hubo veces de una tercera y hasta cuarta inspección, por parte de mis abuelas. Un asco, un verdadero asco.

— Gracias por el agua. Ya estoy mejor. Perdone el exabrupto, aborrezco perder la serenidad. En realidad soy un hombre calmado, pero la historia del pescado aún hoy me exaspera. Me hace tanto daño recordarla que hasta siento falta de aire, y no padezco de asma desde que dejé mi casa para ir a estudiar a La Habana. No hablo de esto jamás, pero antes de venir me prometí contarle todo.

No quisiera que usted mal interpretara la relación con mi madre, la quise mucho y le tenía gran admiración. Probablemente en el pueblo no había otra mujer con un título universitario. Además, era generosa, desprendida. Sensible al dolor ajeno, las sirvientas la apreciaban de corazón. Ella era especialmente apegada a la cocinera, madre soltera con un hijo sólo dos años mayor que yo, aunque parecía serlo cinco o seis. Se llamaba Genaro, prácticamente vivía en mi casa y por fuerte y travieso lo apodaron *Sandokan,* como el personaje de unos episodios de radio basados en la novela de Emilio Salgari. Candela viva, decía mi mamá de él, y desde la primera vez que oí la frase, *candela viva* repetía para mis adentros durante los aguaceros, escuchándolo desde mi cama correr enloquecido bajo la lluvia, blandiendo en la mano en alto una espada de madera que los Reyes Magos habían dejado para él en mi casa, mientras yo recibía juegos educativos.

Pero lo que dejó marca indeleble en mí fueron las noches en que al salir del comedor, lloroso tras los regaños sufridos por no haber comido, veía a *Sandokan* sentado a la mesa de la cocina en que su mamá y él comían, saboreando un pescado completo, con cabeza y todo. Atónito, recostado al marco de la puerta observaba cómo a veces, después de haber devorado su plato, incluyendo los ojos y los sesos que chupaba con fruición para extraerlos de los diminutos huesos del cráneo, comenzaba a comer del plato donde había comido alguno de los adultos, entresacando las masas que, mezcladas con espinas, habían quedado rezagadas. Las tragaba con un gusto, totalmente ajeno a la preocupación de que alguna podría trabársele en una amígdala y tendrían que correr al hospital a sacársela, como decían mi mamá y abuelas podía pasarme a mí. Embelesado lo observaba masticar. A cada rato sacaba una gran espina de la boca y la colocaba en el borde del plato, otras veces dos o tres pequeñas salían a la vez de entre sus labios. La primera vez que contemplé esta escena yo tenía cerca de nueve años, recién cuando despidieron a Teresita. Pregunté a mi madre porqué a él le servían pescado con espinas y a mí no. "Porque él sí puede comerlas", me respondió en un tono que cayó en mis oídos cargado de misterio y fascinación. El comentario confirmó viejas sospechas: el hijo de la cocinera era un súper niño y yo sólo un raquítico, como me gritaban los compañeros de escuela en las escasas ocasiones en que intenté pelear con alguien. Triste de mí, ensombrecido pasé por la niñez extrañando a Teresita y envidiando a Sandokan.

En tercer lugar, voy a hablar de mi traslado a La Habana y mi primera experiencia homosexual.

Al terminar la escuela primaria, preocupados mis padres por la carencia de un buen colegio donde proseguir mis estudios en el pueblecito, me enviaron a casa de una tía en la calle Monserrate en la Habana Vieja e hice el bachillerato en el Instituto de La Habana. Fue idea de ellos, a la cual incluso me negué al principio, pero de repente decidieron que mi educación era lo más importante. Casi me forzaron a trasladarme y de una infancia de sobreprotección total, pasé a una adolescencia de casi total independencia, lejos de la tutela materna. Fue difícil al principio. Apresado en mi timidez tardé en hacerme de amigos. Sin embargo, a pesar del hollín de la ciudad y de dormir en un cuarto poco ventilado, el asma y las alergias a las comidas desaparecieron. Tuve dos noviecitas en aquella época, con las cuales nunca me entusiasmé demasiado y tuve, siempre a iniciativa de ellas, unos encuentros sexuales desganados e incompletos. Lo hice más por quedar bien con los amigos que por gusto propio.

No me enamoré hasta entrar en la universidad y conocer a Armando. Compartíamos la habitación en una casa de huéspedes en El Vedado. Hijo de un dentista y una maestra de escuela primaria, también del interior de la isla, comenzamos a estudiar el mismo año, yo matemáticas y él arquitectura.

Era callado y estudioso, una persona ensimismada, con ojos grandes y largas pestañas. Desde el primer momento me resultó enormemente atractiva su compañía y pronto me di cuenta de que su presencia evocaba a Sandokan. Reflexioné varios días sobre la asociación. No se parecían físicamente ni sus personalidades concordaban. Además, venían de crianzas opuestas. Una noche, tomando café después de comer comenzamos a cortejarnos de manera sutil y ahí me di cuenta de que el tono tostado de la piel lo acercaba dentro de mí a Sandokan. Desde entonces ése ha sido el color del amor para mí. Nos hicimos amantes. No me conflictuó el caer en la cuenta de mi atracción por el mismo sexo. Tal vez la sospechaba subconscientemente, no sé, creo que mi marginalidad de niño me capacitó para aceptar la de mi sexualidad. Por supuesto, estoy haciéndole recuentos muy concisos de largos procesos de conciencia. Por ejemplo, producto de una niñez tan apocada, no podría estar hablando con usted así de abierto si no hubiera estado en terapia desde que llegué a este país.

Primero, aceptarme como homosexual de una manera concluyente y segundo salir del closet como lo he hecho, no ha sido nada fácil. Y ahora me siento confundido de nuevo, cuando me creía tan seguro de quién soy.

Para finalizar mi historia, voy a hablarle de Matthew y de lo que considero el lado oscuro de mi erotismo. Hace cinco años que vivo con él. Lo conocí a través de un anuncio que puse en un periódico en la sección de *Personals*. En ese periódico trabaja un amigo mío, Rodolfo, desde hace muchos años, y cada vez que tengo que anunciar algo, por supuesto lo hago allí. Fue él quien me habló de usted mientras nos tomábamos una cerveza un viernes por la tarde. Entre trago y trago, me contó su extraña afición por una vecina de olor insoportable y eso me dio la idea de venir.

A muchos les ha resultado extraño que con mi posición social y seriedad recurriera a ese medio para conseguir pareja, pero la explicación es sencilla, me cansé del azar, de la manera en que uno conoce a la gente usualmente: una fiesta, el trabajo, amistades comunes y después va descubriendo los desencuentros en gustos, en intereses, hasta en valores. En varias ocasiones me sucedió que comencé un romance con un amigo y al venir las desavenencias me quedé sin amante y sin amigo. No más, me dije. No había tenido suerte con las últimas parejas y ya me estaban escaseando los amigos. Decidí buscar desconocidos, hacer entrevistas a los candidatos, proporcionarles un cuestionario y ver si nuestras afinidades coincidían. Lo hice y resultó. Cincuenta y cuatro ofertas recibí en una semana, tenía que encontrar lo que buscaba, por eso yo creo en la planificación.

Pero algo escapa a mi entendimiento y yo aborrezco no entender. Para que usted comprenda el resto, debo decirle antes que nunca he tenido un apetito sexual exacerbado. Soy tranquilo por naturaleza, o creía serlo hasta ahora. A diferencia mía, Matthew tiene un temperamento fogoso. Es lo único en que no nos parecemos, lo supe desde los cuestionarios, pero fue la persona más compatible con mi personalidad de las cincuenta y cuatro que entrevisté. Desde el principio de la relación él trató de aumentar mi deseo con diferentes medios, sin mucho resultado. A los dos años de haber estado juntos, hace tres ahora, su frustración creció hasta amenazar nuestra unión, sólida en cualquier otro aspecto. La situación me desveló noches enteras.

Una tarde Matthew regresó del trabajo cargando una bolsa llena de películas pornográficas de diferentes temas y estilos para que yo escogiera las que me excitaran. Me conmovió su afán de resolver el problema y acepté la sugerencia sin esperanzas. Aun así, los días posteriores dediqué largas horas a seleccionarlas. Fue un recurso desesperado después de una serie de situaciones demasiado humillantes e íntimas para ser contadas. Anteriormente yo había visto cine erótico *gay* sin entusiasmarme demasiado, pero ante mi asombro y para satisfacción de Matthew, me he vuelto de repente un excelente amante. Hemos convertido en rito usar una película como punto de partida para hacer el amor, tarea que emprendo ahora con fuego avasallador. Es increíble el cambio. Tan increíble, que por eso sigo viendo las películas de Matthew, para que él no sepa la verdad. No son ésas las que me enloquecen, sino otras que compro a escondidas y veo a solas, antes de él llegar. Las escenas de ésas vibran en mi memoria mientras estamos en la cama. De ahí adquiero la fuerza. Las guardo en el sótano, ocultas entre libros de ciencia en desuso. Todas son heterosexuales, ése es mi secreto. Tengo una enorme colección y siempre, invariablemente, durante los últimos tres años he llegado al momento culminante del amor con mi amante imaginándome penetrar a una de esas mujeres. La voracidad con que las poseo en mi mente se traduce en una conducta en la cama interpretada por Matthew como pasión hacia él. Hablando con toda sinceridad, podría estar con cualquier hombre, incluso un desconocido y actuaría con el mismo ardor. El objeto erótico es una vagina y habita en mi cabeza.

Al principio estas fantasías me divertían, pero se han ido haciendo demasiado apremiantes para no tomarlas en serio, y molestan. Es agobiante no tener un orgasmo, uno sólo, sin estar sumergido en una escena cuya realidad, en realidad desconozco. Ultimamente surgen sin remedio dondequiera, a veces en medio de la resolución de un problema de matemáticas. En los últimos días he jugado con la idea de poner un anuncio en la sección de *Personals* del mismo periódico donde puse aquel con el que conseguí a Matthew. Si fuera más arriesgado, menos tímido, lo haría, pero no creo que me atreva, he sido *gay* toda la vida y no sabría ni qué hacer de encontrarme en una situación así de verdad. Son desvaríos, yo lo sé, pero de que las deseo como jamás he deseado a alguien, las deseo. ¿A usted no le parece extraño?

# Caer en la cuenta

*"Los amores cobardes no llegan a nada,*
*se quedan allí".*

Silvio Rodríguez

Una noche, cuando tenía diecisiete años, soñé que una mujer y yo hacíamos el amor. Ella estaba desnuda y su cuerpo era muy hermoso. Aún hoy recuerdo los senos firmes y llenos y su piel que brillaba con un tono parecido al del tabaco.

El sueño me inquietó mucho. En aquel entonces, mediados de 1950, estaba viendo a un sicólogo porque me deprimía con frecuencia sin saber exactamente por qué. El era un hombre soltero, de cerca de cincuenta años, que a menudo me celebraba durante las visitas a su consulta. Le conté el sueño. Me preguntó si yo había pensado en "eso" alguna vez. Me imaginé que "eso" significaba ideas homosexuales y contesté negativamente. La forma en que hizo la pregunta, eludiendo hablar directamente, no invitaba a una exploración más profunda del tema. Me dijo que no me preocupara, aquel sueño simbolizaba otra cosa. Su opinión profesional me tranquilizó y traté de olvidar el asunto. Sin embargo, en los días que siguieron, sin poder evitarlo, cada vez que abrazaba a mi novio me preguntaba cómo se sentiría en la realidad la piel apretada y tersa de la espalda de la mujer del sueño.

En el verano de 1969 vine a vivir a Nueva York con mi marido y nuestras hijas. Había pasado mucho tiempo desde aquel sueño perturbador y lo había olvidado, o yo lo creía así.

Ya las niñas estaban en edad escolar, la casa me ahogaba y necesitábamos más dinero del que mi marido ganaba. Su inglés deficiente lo incapacitaba, por el momento, para practicar su profesión. Con la recomendación de unos amigos conseguí un empleo en una oficina pequeña en la calle Irving Place, cerca de Union Square. Pagaban poco, pero casi no había que hablar inglés y aquel era un requisito imprescindible para mí. Tomé el empleo como algo temporal. Detestaba el trabajo de oficina, pero no sabía qué más hacer. De lo único que estaba segura era de que quería mucho a mis hijas y que no soportaba dedicar mi vida a los quehaceres de la casa.

Comencé a trabajar un lunes de principios de otoño. Mientras me dirigía al trabajo en aquella mañana de lluvia, pensaba que estaría cansadísima al llegar la tarde. Me había levantado a las cinco para preparar el desayuno, dejar la casa lista y llevar las niñas a la escuela. Una vecina las recogería y cuidaría hasta que yo regresara.

Subí en el elevador del edificio donde estaba mi empleo pensando que debí haberme maquillado mejor para el primer día de trabajo, pero no había tenido ganas de hacerlo. El jefe, bajito y gordo, de origen irlandés, me saludó y escoltó al salón donde trabajaría. Yo sabía que la oficina tenía pocos empleados, pero no imaginé que sólo tres. A la primera que vi fue a una mujer alta y trigueña que, de pie frente a un ventanal, miraba al parque frente al edificio mientras tomaba té distraídamente. Llevaba una blusa de mangas largas y una falda de tachones planchada con esmero. Tenía el pelo negro, largo hasta el cuello y se hacía la raya a la izquierda. El jefe la llamó para presentármela.

Al volverse hacia nosotros, me llamaron la atención su cara de anchos pómulos, la boca, un poco grande y de labios finos, pero sobre todo los ojos. Eran muy oscuros, más bien pequeños, rasgados, y me pareció que permanecían serios aunque se sonriera como lo hacía ahora, al acercarse con una taza en la mano. Cuando meses después dejé de verla la imagen de aquella primera vez recurría fija a mi memoria. Me dijo su nombre: Zobeida. Le dije el mío y los celebramos mutuamente.

Faltaban unos minutos para la hora en que se suponía empezáramos a trabajar. Zobeida me preguntó si quería té o café. Como éramos sólo tres empleadas, la compañía los ofrecía gratis. Ella prefería té con leche. Yo jamás tomaba té, pero le dije que tomaría lo mismo. Sirvió dos tazas y nos sentamos, una al lado de la otra, en los asientos en que trabajaríamos durante las ocho horas siguientes. El té con leche se convirtió en una especie de rito que practicábamos todo el día. Ella lo preparaba para mí o yo lo preparaba para ella.

El trabajo era el más aburrido del mundo. Lo bueno era que el jefe nunca interrumpía nuestras conversaciones si no demorábamos la tarea. Frente a nosotras se sentaba la otra empleada, una rumana como de cuarenta años, alta y rubia, también recién llegada a los Estados Unidos. Habladora, contó que en Rumanía vivía en la calle principal de Bucarest en un apartamento espacioso con un gran balcón a la calle. En Nueva York vivía en un cuarto con una sola ventana que daba al interior del edificio. Todos los días se quejaba de haber venido. Se creía una beldad y pensó que al llegar al aeropuerto estaría esperándola un millonario para proponerle matrimonio, pero hasta el momento no había aparecido y empezaba a perder la paciencia. También Zobeida y yo nos impacientábamos con aquella historia interminable. Optamos por aparentar que estábamos ensimismadas en el trabajo hasta que calló. Zobeida y yo comenzamos a hablar en español. Simpaticé con ella enseguida. Al llegar la tarde de aquel primer día de trabajo ya sabíamos que teníamos mucho en común. Las dos éramos cubanas, así que de lo primero que hablamos fue de la Isla. Después, Zobeida era casi de mi edad, también casada desde muy joven y tenía dos niños, más o menos de la edad de las mías. A las dos nos gustaban los libros, la música, el cine. Al llegar a mi casa por la tarde me decía que había sido amistad a primera vista. Le conté a mi marido lo simpática que era y me acosté entusiasmada con la idea de reanudar nuestra conversación el próximo día.

Desde el primer momento Zobeida me inspiró un sentimiento raro, pero a la vez familiar, así que no pensé mucho en eso. Familiar porque siempre, para sentirme contenta, había necesitado la amistad íntima de una mujer. Hasta cierto punto, esto era normal en mi cultura, pero en mí la necesidad era muy fuerte. Conocía mujeres para las que el marido era su mundo y las amigas un suplemento, relaciones sustituibles, agradables, pero prescindibles. Para mí nunca había sido así. Desde pequeña necesitaba compartir lo que pensaba, sentía y parte de mis actividades, con otra mujer. Uno de mis grandes placeres era sentarme a tomar café y a conversar tranquila e íntimamente con una amiga. Sin embargo, Zobeida, por alguna razón que no podía puntualizar, me intranquilizaba. Me inspiraba la simpatía y la confianza que me habían inspirado otras mujeres en el pasado, pero este sentimiento era más intenso. Era la intensidad lo que me inquietaba.

Para Zobeida también era muy importante la amistad con mujeres. Tanto, que fue la causa de uno de los mayores problemas que había tenido con su mamá a los dieciocho años, estando comprometida con un muchacho. Tenía una amiga a la que estaba muy apegada y a quien conocía desde antes de estar con el novio. Una vez Zobeida se enfermó, estuvo en cama por varios días y a la única persona que quiso ver fue a la amiga. La madre se preocupó mucho por esta preferencia, al extremo de preguntar a la hijas si tenía con ella algo más que una amistad. Para Zobeida, la madre se había vuelto loca, pero la señora insistía en que necesitaba saber la verdad. Obligó a la hija a arrodillarse delante de ella y a jurarle que no estaba mintiendo. Zobeida recordaba aquella historia como la más humillante de su vida. Yo le pregunté por qué prefería estar con la amiga antes que con el novio. Contestó que se sentía más acompañada con ella.

En muy pocos días nos habíamos contado nuestras vidas: lugar de nacimientos de padres y abuelos, cuentos de partos, enfermedades de los niños. Las dos nos considerábamos de paso por Nueva York. No nos gustaba la ciudad para criar hijos. Queríamos un lugar más tranquilo, casas con más espacio. Su marido y el mío estaban buscando trabajo en otros estados y en Latinoamérica.

Según pasaron los días, después de contar los hechos vividos, pasamos a analizarlos, por qué las cosas habían sido como fueron. Comenzamos a hablar de nuestros sentimientos y ya casi no cambiamos de tema. No éramos felices. Ambos teníamos problemas matrimoniales. Sin embargo, para los cánones de nuestra cultura, tanto su marido como el mío, eran irreprochables. No tenían amantes, no bebían, no nos pegaban, eran buenos proveedores. El problema de Zobeida, creía ella, era que sentía un vacío muy grande nacido de la indiferencia de su marido hacia el sexo en general, no sólo en sus relaciones. Su vida sexual era casi inexistente. Sin embargo, lo consideraba inteligente y sensato y tenían una buena amistad. Ya casada, había tenido un amante, pero aquello tampoco resultó. Quería compartir su vida con un hombre del que estuviera enamorada. Mi problema era diferente. Mi marido y yo vivíamos, no en distintos mundos, sino en distintas galaxias. Teníamos un problema sexual en aquel momento, pero no por el sexo en sí, sino por falta de entendimiento mutuo.

Nos hicimos los cuentos de los amores pasados. Mi novio favorito había sido el primero que tuve, cuando tenía catorce años. La mejor relación de Zobeida el novio de los dieciocho años, aunque no lo quisiera ver cuando se enfermó. Decía que era un muchacho sensible y buen guitarrista. En esta parte de la historia comentábamos que era increíble que casi con treinta años cada una, no hubiéramos encontrado un hombre con quien nos sintiéramos felices. "Una mujer tan bonita como tú", decía yo. "Y como tú", decía Zobeida, y así entre lamentación y lamentación nos celebrábamos. Al terminar con los hombres del presente y del pasado, hablábamos de los del futuro. Ambas pensábamos que en algún momento nos divorciaríamos y encontraríamos al que nos haría felices. Aquí volvíamos a celebrarnos. Dos mujeres tan atractivas merecían vivir contentas.

Desde el segundo día optamos por no salir a almorzar. Traeríamos algo de la casa y comeríamos en la oficina. Teníamos poco dinero y además, la hora del almuerzo era la mejor para conversar. El jefe y la otra empleada salían, decían que necesitaban un poco de aire después de cuatro horas encerrados, pero para nosotras era más importante estar solas. A aquella hora podíamos prestar atención total a las historias de la otra. Al cabo de algunos días estábamos aisladas casi por completo de Charlotte, siempre sentada frente a nosotras. Tanto, que empezó a sentir celos por falta de oyente para sus cuentos. Cada día, sin darnos cuenta, conversábamos más bajo y acercábamos más los asientos. Por largos ratos, mientras trabajábamos. Sin mirarnos, hablábamos de libros, de películas y de otras mil cosas. Pero a veces, cuando nosotras éramos el tema, al llegar a un punto más alegre o triste que el resto de la historia, interrumpíamos por unos segundos la revisión de las listas y nos mirábamos fijo a los ojos. Entonces el corazón me latía más rápido y fuerte. La conversación me emocionaba demasiado, pensaba. Cómo no ser así, si con nadie más podía hablar de mis sentimientos y tristezas. Era lógico que me emocionara.

Cuatro o cinco semanas después de haber comenzado a trabajar, ya estábamos en octubre, una mañana, como de costumbre, me paré

frente al espejo del baño para maquillarme. Mi desgano por vestir-
me y pintarme habían desaparecido. Me despertaba entusiasmada,
pensando qué me pondría y cuál color de lápiz labial combinaría
mejor con la ropa. Terminé con el creyón de labios y me miré despacio en el espejo para ver cómo lucía. Estaba contenta, apurada por
salir. De momento, mientras me miraba a los ojos escuché una pregunta que llegó sin esperar y sonaba ajena, como si la mujer de
adentro del espejo le preguntara a la de afuera:

"¿Por qué estás poniendo tanto cuidado en arreglarte?" Inmediatamente llegó otra: "¿Para quién te estás arreglando?" Y oí la
respuesta de una voz que no era mía aunque salía de mí: "Para
Zobeida". Quedé paralizada. No, no era posible que yo me estuviera arreglando para otra mujer. Sin embargo, era así. De pronto, recordé el sueño de los diecisiete años. "Estaría equivocado el
sicólogo y sí tendría que ver con deseos sexuales? ¿Sería yo homosexual?" El pensamiento me angustió de una manera feroz.
Sentí una pieza soltárseme dentro de la cabeza y comenzar a girar sin orden. No podía pensar claro. Mi conocimiento de relaciones sexuales entre mujeres se reducía a la historia de algún librito
pornográfico caído en mis manos cuando era adolescente y a los
cuentos escuchados de que en algunos clubes de La Habana
los turistas americanos pagaban para que bailarinas de mambo
famosas se metieran en una cama delante de ellos. Nunca había
oído ni leído sobre amor entre mujeres. Las *invertidas* menciona-
das de vez en cuando en las conversaciones de mi familia me
parecían tan lejanas como las marcianas.

De cualquier forma, aquella mañana salí para el trabajo. Después de un rato me calmé y durante el viaje en el tren pensé que
no era para tanto. Aún en el peor de los casos nadie sabía lo que
pensaba y sentía. Siempre he querido ser honesta conmigo misma, por lo tanto decidí enfrentarme con mis sentimientos. Lo primero era tratar de definir qué sentía por Zobeida. De que me

simpatizaba mucho, que nos llevábamos bien y me sentía muy
acompañada cuando estaba con ella, no tenía duda. Pero todo
esto estaba bien. Para mí la línea divisoria entre amistad y amor
era si quería acostarme con ella. Eso, que nunca había pensado
antes, era lo que debía averiguar. A lo mejor sí lo quería incons-
cientemente, me dije.

Llegué a la oficina y saludé a Zobeida, como todos los días.
Después de un rato, preguntó qué me pasaba. Nada, estaba bien,
contesté. Pasé aquel día y los siguientes observándola y preguntándome si quería hacer el amor con ella. Le miraba la boca mientras hablaba o se reía y me preguntaba qué sentiría si la besaba o
me besaba. La imagen del beso resultaba inconcebible. No podía
imaginarme besándola. Después de interrogarme de manera ob-
sesiva, siempre con la misma respuesta, me convencí a mí misma
de que no quería aquello. Al cabo de interminables meditaciones
Romain Rolland, el escritor francés, vino al rescate. Recordé su
frase de que la amistad es un enamoramiento de las almas. Eso
era y no tenía que sentirme culpable. De allí en adelante, cada día
estuvimos más unidas.

Por la tarde, siempre íbamos juntas hasta el tren y en la puerta
nos separábamos hacia distintos rumbos. Pero un día se nos ocurrió irnos de tiendas por quince o veinte minutos, no más, siempre apuradas por llegar a nuestras casas. Le dije a la vecina que
cuidaba las niñas que los trenes estaban imposibles, le pagaría
tiempo extra si me demoraba. A mi marido, quien siempre llegaba después que yo, le hice el mismo cuento. Zobeida habló con su
mamá, que le cuidaba los niños y dijo algo parecido. Casi nunca
comprábamos. Íbamos de departamento en departamento mirando, consultándonos gustos y precios y conversando. Poco a poco
se fue haciendo más difícil separarnos. Extendimos los veinte
minutos a media hora.

Una mañana llegué y Zobeida, generalmente allí antes que yo

tomaba té junto al ventanal como el primer día. Era viernes y no nos veríamos durante el fin de semana. Me acerqué y le dije que en el camino se me había ocurrido algo. Sin titubear, contestó: "Que hoy cuando salgamos por la tarde nos vayamos a sentar un rato en el parque". La miré estupefacta. Nunca nos habíamos sentado en el parque. No podía creer que hubiera dicho, antes de decirlo yo, exactamente lo que pensaba. Le respondí: "¿Cómo tú lo sabías?". Respondió mirándome a los ojos: "¿Sabes que me estoy asustando?"

Desde aquel día cambiamos las tiendas por el parque. Total, nunca comprábamos, en el parque conversaríamos más cómodas. Hablábamos de los temas de siempre y de los pequeños sucesos de la vida diaria, pero las conversaciones fueron haciéndose difíciles, con silencios frecuentes en que nos mirábamos a los ojos por unos segundos y cambiábamos la vista a los árboles que se estaban quedando sin hojas, o hacíamos algún comentario sobre el bonito color del otoño que cubría el césped y las aceras. Poco a poco dejamos de hablar de los maridos, de los hombres en general, de libros, de películas, de la casa y hasta de los hijos. A veces permanecíamos sentadas, una al lado de la otra, por espacio de varios minutos sin decir nada. Yo quería estar con ella, estar con ella, estar con ella. Nada más me importaba, pero estar con ella ¿para qué? No se me ocurría nada. A menudo me daban ganas de llorar. Lo mismo le sucedía a ella. Entonces pensábamos que era la situación de nuestros matrimonios, de mal en peor. Debíamos encontrar una solución, buscar un hombre de quien enamorarnos, concluimos.

En vez de buscar hombres comenzamos a visitarnos los domingos. A veces yo iba a su casa con niñas y marido y a veces ella venía a la mía con su séquito familiar. Ya era noviembre. A pesar de que comenzaba a enfriar demasiado para sentarse en el parque y casi nadie lo hacía, nosotras seguíamos haciéndolo. Hasta los vagabundos y drogadictos escaseaban, pero nosotras acudíamos cada tarde y siempre nos demorábamos unos minutos más antes de separarnos. Llegué a pensar que no quería ni a mis hijas porque ellas me obligaban a llegar temprano a la casa. Sin embargo, continuaba trabajando, haciendo los quehaceres de la casa y dándole un beso a mi marido cuando llegaba por la noche.

Para fines de aquel mes, al marido de Zobeida le notificaron que lo habían aceptado en un trabajo en el norte de la Florida. Comenzaría a principios de diciembre. Se irían después de *Thanksgiving*. Como no sabíamos adonde iríamos a parar en el futuro, con destinos tan inseguros como los nuestros, dijo, debíamos pensar en una manera de garantizar que si perdíamos contacto podríamos reencontrarnos. Yo llamaría a una tía suya establecida en Nueva York desde hacía muchos años. Ella me diría dónde estaba Zobeida.

El último viernes que fue a trabajar, cuando salimos, la acompañé en el tren hasta la estación donde se bajaba. Paradas una frente a otra, en silencio, a punto ya de bajarse y sin haber dicho nada antes, dijo: "Lo he pensado mucho y creo que lo mejor es que me vaya porque si no, esto se va a complicar". No nos besamos ni siquiera como se besan las amigas cubanas, frotando una cara contra la otra sin intervención de la boca. Me apretó un hombro con la mano para despedirse y nos miramos muy fijo hasta que se abrieron las puertas del tren. Sentí que el corazón me latía en la garganta y que iba a llorar con grandes sollozos, pero no lo hice. Continué en el tren camino de mi casa, repitiéndome sin hablar aquellas últimas palabras y sintiendo en mi hombro el apretón de despedida.

No he visto más a Zobeida. Tengo entendido que se divorció se casó con otro y después regresó con el primer marido. No sé cómo piensa hoy en día ni si recuerda las tardes en el parque. Me gustaría preguntárselo.

# Los ojos lindos de Adela

L legué a Nueva York en 1966, cuando andaba la guerra de Viet Nam. Fue una época en que llegabas a una Fábrica cualquiera, decías: *I want a job* y de inmediato te sentaban, o paraban, delante de una máquina que nunca habías visto ni tenías idea de cómo funcionaba y comenzabas a empacar destornilladores o salchichas.

A los pocos meses de estar en los Estados Unidos ya había trabajado en dos fábricas, una de costura y otra donde empacaban unas etiquetas con nombres de pila impresos, Mary, Betty, Carolyn, un montón de nombres en inglés. La gente las ponía en la parte de adentro del cuello de las blusas. Cuando la encargada de la agencia de inmigración me consiguió el primer empleo, advirtió al administrador de la empresa que yo nunca había usado una máquina de coser comercial. "Eso no importa —dijo el hombre—, ya aprenderá, la entrenaremos".

Confiada y contenta empecé a trabajar un lunes, segura de que muy pronto aprendería a manejar las maquinarias. Era una fábrica de ropa para hombres. Casi sin esperar a que me quitara el abrigo un señor alto y canoso, peinado al estilo de las películas de

Hollywood de los cuarenta, me entregó varios cientos de pares de piececitas de tela largas y estrechas, ligeramente curvas. Mi trabajo consistiría en unir cada par, para formar el cuello de un sobretodo. Me mostró dónde sentarme y señaló los botones para encender y apagar la máquina. Musitó una frase en inglés y se marchó. No entendí, pensé que tal vez había dicho: *Have a nice day*.

Comencé a unir las piezas. Las cosí. Quedaban juntas, pero después de cosidas no recordaban nada parecido al cuello de un sobretodo. Era más difícil de lo que había imaginado. Desolada, a cada rato miraba para los lados tratando de buscar ayuda. Por una parte mi inglés hacía muy difícil comunicarme con las otras mujeres y por la otra, estaban demasiado ocupadas para prestar atención a mi cara de angustia. Continué tratando de unir las piezas. De vez en cuando dejaba el trabajo y observaba a mi experta compañera de mesa acumulando a su lado diez o doce cuellos bien hechos en lo que yo terminaba uno desastroso.

A pesar de la prisa, a la hora de almuerzo se acercaron dos o tres mujeres para darme ánimo, lo peor era la primera semana, después me sentiría mucho mejor, decían. Al regresar a trabajar los cuellos empezaron a mejorar y al final del día conté más de cien piezas, si no perfectas, tampoco tan mal para ser la primera vez en mi vida que hacía aquel tipo de trabajo.

El segundo día llegué aún más contenta, orgullosa del control adquirido el día anterior sobre las máquinas. Al verme el supervisor, sin esperar a que me sentara ni dar los buenos días me pidió acompañarlo. Fue hasta una mesa y regresó con un montoncito de cuellos en la palma de la mano. Me los mostró con detenimiento, uno por uno y dijo: "Estos veinticinco son los únicos que hemos podido utilizar de los ciento y pico que usted hizo ayer. Tuvimos que botar el resto". Me entregó un sobre con $10.00 por el día de trabajo y se despidió sin dar tiempo para preguntarle qué había pasado con el entrenamiento prometido.

Quise decir adiós a las mujeres que habían tratado de ayudarme el día anterior, pero no podía controlar las lágrimas y sentí vergüenza de que me vieran llorando.

Camino a la puerta de salida escuché a una de ellas discutiendo con el supervisor. "No le dieron tiempo para aprender", decía al hombre. No sé qué contestó él, cuando salí de allí todavía la mujer hablaba. Ya en la calle, seguí llorando mientras caminaba hacia el *subway*. Me sentía humillada, frustrada, sobre todo impotente. Peor que todo, me parecía ridículo llorar, la cosa no era para tanto, había montones de trabajos disponibles. No importaba qué me dijera, las lágrimas seguían saliendo. Llegué a la casa, tomé café y poco a poco se me pasó el llanto, antes de que regresaran los niños de la escuela.

En la segunda fábrica todo funcionó bien. Eramos pocas empleadas, el trabajo fácil y hasta encontré una amiga allí, Omara, con la que me encariñé, pero la planta funcionaba sólo durante el verano y mi compañera se mudó para Washington D.C., donde le ofrecieron un buen trabajo al esposo.

Ahora estábamos en septiembre. Hacía más de tres semanas que no trabajaba y aunque mi marido tenía un trabajo relativamente bueno para estar recién llegado, necesitábamos mi salario. Buscar trabajo no era precisamente divertido. A veces me recibían con mala cara y no entendía lo que decían. Cada noche me sentía peor ante la perspectiva de levantarme al día siguiente para emprender la desagradable tarea. Desde chiquita siempre he tratado de arreglármelas sola, como puedo, pero aquella vez necesitaba a alguien.

Una noche de insomnio, como a las cuatro de la mañana me levanté a tomar agua, y camino al refrigerador se me ocurrió pedirle a Adela, amiga mía desde la niñez, que viniera conmigo. ¿Cómo no lo había pensado antes? Vivía en Nueva York hacía cinco años y nunca había trabajado fuera de su casa. Le dije que sería bueno salir, una magnífica oportunidad de practicar el inglés. Parecía mentira, casi no lo hablaba todavía. Por eso mismo, la metedera en la casa. Además, las fábricas de Nueva York estaban llenas de latinos, sería un alivio poder conversar durante el día con adultos a quienes no iba a tener que pasarse el día corrigiendo como hacía con su hijo de seis años, que confundía el inglés con el español constantemente. No tenía nada que perder con intentarlo y mucho que ganar.

Adela no estaba animada con la idea. No le gustaba trabajar en fábricas. Su suegra y su cuñada lo hacían en una fundición, pasaban un calor de infierno y estaban casi sordas del ruido de las maquinarias. Pero no sabía suficiente inglés para conseguir otro tipo de empleo. Le dije que se trataba de una situación temporal, más adelante conseguiríamos algo mejor. Mi argumento final, el más importante, fue que con un matrimonio moribundo que ella se empeñaba en salvar sin mucha esperanza, lo mejor sería tener alguna independencia económica, se sentiría más segura de sí misma. La convencí.

Un viernes por la mañana dejamos a su hijo y a los míos en la escuela y salimos debajo de una lluvia torrencial. Antes de entrar al primer edificio Adela me dijo que debíamos refinar el lenguaje: "*I want a job* es muy poco delicado. En lo adelante diremos *I am looking for a job*". Así lo hicimos.

Al regresar a mi apartamento por la tarde, tomando café discutimos las cinco ofertas hechas. Consideramos una fábrica de juguetes en donde daban un descuento a los empleados. Se acercaban las Navidades y tenían instrumentos musicales, en especial cornetas y tambores, de excelente calidad. El inconveniente era la localización. El viaje demoraba más de una hora en *subway* y después había como veinte minutos de camino por calles a medio hacer, sin aceras. Aquel día habíamos andado el trayecto al mediodía, ya escampada la lluvia de la mañana y aún gran parte estaba inundado. No fue fácil. Imaginamos cómo sería en invierno cuando, con los días tan cortos, llegaríamos y saldríamos de noche. Al fin escogimos el sitio más cercano al edificio donde vivíamos las dos. Sólo pagaban $1.25 la hora, pero para nosotras, las dos criando niños, distancia y facilidad de transporte eran factores decisivos.

El lunes por la mañana llegamos temprano, antes de las 7:30, hora de entrada, a una fábrica de cosméticos situada en un edificio viejo en Astoria. Los lápices de labios, sombras para los ojos y pintura para uñas de aquella marca eran muy populares, no sólo en Estados Unidos, también en América Latina. Entramos. El ruido de las maquinarias, tan pronto empezaron a andar, era estruendoso y el olor de los productos químicos insoportable. Adela me miró con los ojos lindos que tenía aún más grandes de lo normal. Yo sabía. Pensaba en la sordera de su suegra y su cuñada. Antes de que abriera la boca, la animé con un argumento poco convincente para mí misma: "Mira todas las mujeres que trabajan aquí, si ellas lo soportan, también podremos hacerlo nosotras". No quería quedarme sola en aquel lugar horrendo.

Nos dieron un uniforme azul a cada una, todos de la misma talla. En el mío cabían dos como yo. Las mangas se suponía que fueran cortas, pero me quedaban por debajo de los codos y la saya llegaba hasta los tobillos. Deprimente. Traté de consolarme pensando que a lo mejor se veía como un traje largo con mangas tres cuartos. En definitiva, siempre me había gustado la ropa antigua... y los disfraces.

Cada departamento tenía una supervisora con un uniforme azul, igual al de nosotras, pero la jefa principal llevaba uno blanco ajustado, de su talla. Era corpulenta, con pelo corto y canoso, casi blanco. Al uniforme y al pelo se unían medias y zapatos también blancos. Las latinas la llamaban *La paloma*. Desde el primer día le caí bien. Sonreía cuando nos cruzábamos y yo correspondía el saludo con gran deferencia. Mi mamá decía que en la mujer una linda sonrisa abre cualquier puerta, y a mí desde niña me habían celebrado la risa. Todo el mundo acusaba a *La paloma* de intransigente y tirana. Sin embargo, conmigo fue amable hasta que presenté la renuncia. Ahí se puso grosera.

A Adela le tocó trabajar junto a un enorme tanque de acetona y a mí envasando pomos de pintura para uña. Yo nunca había hecho aquel trabajo. Me explicaron. Se ponían doce pomitos dentro de una caja pequeña, se cerraba y cuando había unas cuantas llenas se colocaban dentro de otras cajas grandes de cartón, puestas para aquel propósito en una esquina del salón. Cada empleada tenía una libreta para anotar la cantidad hecha. La supervisora me advirtió que era necesario envasar determinado número a diario para mantener el puesto, aunque no debía preocuparme mucho el primer día porque ellos entendían que era un período de entrenamiento. Me dijo también que pasaba regularmente para revisar las libretas y me entregó la mía junto con un lápiz #2.

Sonó el timbre y comenzamos. En lo que yo llenaba dos cajitas las otras mujeres terminaban tres. Pasó una hora. Mi velocidad no aumentaba a pesar de mi afán. Recordé la fábrica de costura y lo que sucedió después del primer día. Necesitaba este trabajo. Por un rato, mientras continuaba envasando con la misma lentitud, sólo pensaba en cómo resolver el problema. Ni siquiera oía el ruido de las maquinarias, casi imposible de ignorar. Entonces me di cuenta de que tan pronto las cajas pequeñas estaban colocadas en las grandes era imposible saber quién había hecho cada una porque todas estaban juntas, sin identificación.

De inmediato desarrollé un sistema y me volví *rápida*. Cuando llenaba tres cajas pequeñas, corría con ellas para la esquina, las depositaba en una de las grandes, y de regreso a mi asiento anotaba cuatro en la libreta. "De esta manera será más difícil saber cuánto hago porque nunca acumulo cajas llenas a mi lado" pensé. Antes de preguntarme la supervisora por qué me levantaba con tanta frecuencia le dije que ése era mi sistema; así se hacía en mi país, y como mis carreras constantes daban la impresión de velocidad aceptó la explicación sin problemas.

A las 9:30 de la mañana sonó el timbre del receso. La mayoría de las mujeres sacaron un jugo de las carteras y bebieron sentadas en la banqueta que ocupaban el resto del día. Ni Adela ni yo llevamos merienda. Soltamos los uniformes con rapidez y fuimos hasta una cafetería frente a la fábrica. Cuando entrábamos de vuelta oímos sonar el timbre. Habían pasado los diez minutos de receso. Las mujeres se acomodaban en sus asientos, regresando de la única oportunidad de ir al baño durante la mañana. Me senté, puse a un lado el café sin destapar y comencé a trabajar de nuevo.

Cuando la supervisora pasó y revisó mi libreta se sorprendió de la eficiencia. Alentada por el elogio, me sentí más segura y mi velocidad aumentó. Cada dos cajitas hechas, anotaba cuatro. La oí comentar con *La paloma* : *"She is really fast".*

Llegó la hora del almuerzo y observé cómo un grupo grande de empleadas se dirigía al baño, llevando en la mano sus bolsitas de comida. Al no ver un sitio donde sentarnos, Adela y yo las seguimos. Llegamos a un baño dilapidado, con bancos viejos de madera despintada colocados delante de los inodoros. Un enjambre de mujeres llenó los asientos de inmediato, sin embargo, nadie ocupó un espacio vacío en la esquina de un banco, aunque algunas comían de pie. Me senté allí y comencé a sacar mi almuerzo. Antes de terminar de hacerlo se acercó una mujer como de cincuenta años y me dijo en español: "Mira, mi hija, hace cinco años que trabajo en esta factoría, en donde por suerte nunca me han dado *lay off,* y siempre me he sentado a almorzar en el lugar en que tú estás ahora. Ese es mi puesto fijo". Me levanté, pensando en el horror de pasar cinco años almorzando con la nariz frente a las puertas de los inodoros que se abrían y cerraban.

Adela y yo nos sentamos en el piso, en una esquina. Comenzó a quejarse del olor de la acetona, le molestaba demasiado, pero como era protestona por naturaleza no le hice mucho caso. Mientras almorzábamos una muchacha latina, con un gorro de baño en la cabeza y tan cubierta de talco que no podía distinguirse el color de las pestañas ni de las cejas, se sentó al lado de nosotras y comenzó a hablar.

Trabajaba en el cuarto donde envasaban los polvos. "Te pagan diez centavos más la hora y te dan este gorro para que no te ensucies el pelo", afirmó señalándose la cabeza con el dedo índice. Alguien le había advertido, afirmó, que no se debía trabajar allí más de cuatro meses. Respirar talco ocho horas diarias enfermaba los pulmones, pero ella ya llevaba dos años. Al despedirse nos dijo que se llamaba Ramona. No se me olvidará, respondí, me gusta mucho ese nombre.

Cuando salimos por la tarde, Adela no podía tragar ni hablar del dolor de garganta. Fuimos para el hospital. El médico le prohibió trabajar durante una semana, por lo menos. Tenía las glándulas del cuello inflamadas debido al olor de la acetona. Hizo el trayecto a la casa rezongando bajito, no regresaba a la fábrica, aquello estaba del carajo. Al otro día pedí el dinero que había ganado para llevárselo. Ocho dólares.

El miércoles de la primera semana supe que era política de la administración cambiar a las obreras de un departamento a otro sin previo aviso, de acuerdo a las necesidades de la planta. Me trasladaron a uno bajo la supervisión directa de *La paloma*. Cuatro mujeres trabajábamos, una al lado de la otra, paradas delante de una estera rodante. Gracias a lo rápida que yo aparenté ser con los pomos de pintura para uña, me colocaron al principio de la estera. El trabajo consistía en ensamblar los estuches de polvos compactos, colocarlos por docena en unas cajas pequeñas y envasar éstas en otras más grandes. De la velocidad de la persona en mi posición, dependía el ritmo de las otras tres y el número mínimo de producción requerido en aquel departamento era muy alto.

Mientras ponía goma en un estuche para pegar la latica del polvo compacto y trataba, sin éxito debido a la velocidad con que tenía que hacerlo, de colocar la brocha de nuevo dentro del envase sin que goteara sobre la estera, pensé: "Este es un puesto complicado. Si soy lenta van a botarme y si soy demasiado rápida estas mujeres me van a odiar". Temía tanto la pérdida del trabajo como el rechazo de las otras. Me tranquilizó la idea de que era casi imposible ser muy veloz con la cantidad de tiempo que usaba tratando de que la goma de pegar no goteara. Al final siempre se escurría un poco sobre la estera, mis manos y el uniforme, lo que me obligaba a pasar un buen rato limpiando.

Después de almuerzo *La paloma* se acercó. Le sonreí de la manera que había aprendido de niña cuando mi papá se fajaba con mi mamá y yo pensaba que era mi responsabilidad calmarlo. Ya de adulta el método me funcionó muchas veces, ahora ignoraba qué pasaría. Para resultar aún más agradable, mientras sonreía cerré y abrí los ojos despacio e incliné ligeramente la cabeza. *La paloma* contó las cajas. Yo sabía que no teníamos listo el número requerido para esa hora. Seguí trabajando sin levantar la vista, esperando los insultos y amenazas de que si no nos apurábamos perderíamos el trabajo, como me habían contado las empleadas más viejas que hacía cuando la tarea se atrasaba. No fue así. Llegó a mi lado, me puso una mano sobre el hombro suavemente, y en vez de gritar casi susurró: "No te preocupes, todo está bien". Nunca supe si la suavidad estuvo relacionada con mi sonrisa, pero desde aquel momento hasta mi salida de la fábrica la vida se hizo más llevadera para mí y para las demás mujeres de la estera.

El viernes llegaron cuatro hombres en un camión blindado. Traían el salario de cada empleada en efectivo. Uno de los hombres se sentó detrás de una mesa sucia y puso encima los sobres. Me paré en la cola para cobrar los sueldos. Mientras esperaba mi turno tomé un jugo y pensé que sería una mañana más sin ir al baño. Al llegar a la mesa dije mi nombre, firmé en una lista y el hombre me entregó el dinero. Habían pasado diez minutos y regresé a trabajar.

Llevaba un mes en la fábrica cuando una mañana, después de cobrar, vi acercarse a *La paloma* con un gorro de baño en la mano. "Desgraciadamente", dijo entregándomelo, "una de las empleadas del departamento de envasar talco se ha enfermado y como tú eres la más nueva en la fábrica te toca sustituirla. Traté de evitarlo, pero son reglas de la administración y hay que cumplirlas. El lunes empiezas en el nuevo puesto. Después de todo, no es un mal cambio, van a pagarte diez centavos más la hora, y tan pronto haya una oportunidad te traigo de nuevo para aquí". Le pregunté el nombre de la empleada enferma. "Ramona", contestó, y a mi mente acudió la imagen del gorro de baño en la cabeza y las cejas entalcadas. Por un momento pensé oponerme a la orden, pero no lo hice. No tenía costumbre de protestar abiertamente, estaba acostumbrada a arreglar las cosas por las buenas. Agarré el gorro de baño, sonreí a *La paloma* y seguí envasando polvo compacto.

Fue mi último día en aquel empleo. La semana siguiente me mudé para la acera de enfrente, a una fábrica donde hacían transistores para radio.

A causa de la acetona, Adela había estado enferma todo el mes y gastó más de cien dólares en médico y medicinas. Ahora recién comenzaba a poder hablar sin dolor de garganta. De nuevo traté de persuadirla para que viniera conmigo. "Esta es una planta electrónica", le dije tratando de sonar convincente, "no hay productos químicos ni polvos con los 'que tengamos que lidiar. Se trata de hacer el alambrado de los transistores. Dicen que es un poco monótono, pero eso no tiene mucha importancia si lo comparamos con lo que pasamos en la fábrica de cosméticos. Es un trabajo especializado. Tú verás que ahora sí vamos a aprender algo. Trabajaremos con unos microscopios".

Después de discutirlo por un rato no le pareció mala idea y me acompañó. Al salir para el trabajo la primera mañana hasta lucía entusiasmada, pero su entusiasmo desapareció al final del primer día. Mientras caminábamos hacia el *subway* dijo: "Mira, tú me advertiste que hacer estas piecesitas podía resultar un poco monótono. Ahora que yo he visto la cosa te digo que este trabajo es tan aburrido que un día me voy a quedar dormida después de almuerzo, la cabeza se me va a caer contra el microscopio y voy a sacarme un ojo".

Dos meses después de comenzar a trabajar allí, el jefe, un tipo musculoso con los ojos azules y caminado de pisa bonito, me cambió a un departamento donde el trabajo era más llevadero, sin microscopios. Yo sabía que le gustaba porque a menudo se paraba junto a mi puesto con cualquier pretexto, sólo para que yo le sonriera. El primer día en el nuevo puesto me invitó a comer, tratando de cobrarme la promoción. No quería estar mal con él, pero sí dejar claros mis límites. Una cosa es acomodarse lo mejor posible a las situaciones y otra es ir más allá de los principios de una. Decliné la invitación sonriendo y diciéndole que era difícil dejar a los niños y a mi esposo por la noche.

El continuó con las indirectas y yo tratando de evadirme sin disgustarlo. Lo más difícil de soportar eran los chistes que le dio por hacer donde yo lo oyera. Mostraba los voluminosos bíceps y alardeaba de no ser uno de esos tipos de mucho músculo y poco de otra cosa. Estaba dispuesto a probarlo en cualquier momento, para él no había día flojo.

A pesar de todo, mientras pude, traté de ver el lado bueno de las cosas. Me hacía la sorda y cuando no me quedaba más reme- dio y me miraba de frente después del chistecito, me sonreía bo- nito con él. Por lo menos el sueldo era un poco mejor que en la otra fábrica y todos los años regalaban a las empleadas un pavo de diez libras al llegar el día de *Thanksgiving*. A mí el jefe siem- pre me daba uno más grande. Otra de las ventajas de trabajar allí era que teníamos un comedor donde sentarnos a tomar café con leche y comer pan con mantequilla durante el receso de la maña- na. Era un ratico precioso para Adela, en él hojeaba el periódico y comentaba las noticias más importantes. Ultimamente se que- jaba de no ver las letras chiquitas con claridad, pero lo atribuí a su manía de quejarse. No podía ser, tenía menos de treinta años. Nadie necesitaba espejuelos para leer a la edad de nosotras.

Ella continuaba en el mismo puesto donde empezó. Su matri- monio había ido de mal en peor y necesitaba el dinero en serio. A pesar de los rumores de que en New Jersey, nunca supimos dón- de, pagaban $3.60 la hora por el mismo trabajo que nosotras ha- cíamos por $1.60, no intentó cambiar de fábrica en casi cuatro años porque el lugar era silencioso y no tenía que manejar pro- ductos químicos. Se sentía segura, según ella no corría peligro ni de sordera ni de alergias.

Un domingo por la mañana, a principios de septiembre, notó que leía con dificultad hasta las letras grandes del periódico. El oculista le dijo que tenía la vista muy desgastada para ser tan joven y le recetó espejuelos para leer. Ella preguntó si podía de- berse a las ocho horas diarias mirando por el microscopio. "Tal vez", dijo el médico, "pero no podía asegurarlo". De cualquier forma, le aconsejaba no esforzar la vista después del trabajo.

No dormí por una semana. Imposible que fuera verdad. La había oído tantas veces quejarse, yo siempre tratando de ignorar su queja. ¿Cómo ayudarla?

A la hora del almuerzo comencé a traer el periódico que ella ya no compraba y después de almorzar, como compartiendo algo de mi gusto, leía en voz alta sus secciones favoritas. Sentada al lado mío, miraba al vacío mientras escuchaba. Al principio pensé que el dolor que me produjo su enfermedad iba a aliviárseme con los días, pero fue al revés, pues ella no mejoraba, al contrario. Sus ojos no eran los de antes, cada día brillaban menos, su mirada profunda se fue haciendo vaga. Trataba de no mirarla de frente. Una mañana, al terminar el café con leche de la merienda, le dije que tenía que enseñar el diagnóstico médico al jefe y pedirle un cambio de departamento, no podía continuar con el microscopio.

Le daba miedo hacerlo. La animé y le aseguré mi apoyo. No tenía alternativa, no era posible continuar deteriorándose con los brazos cruzados. Lo hizo y el jefe contestó que él sabía que algo andaba mal con ella porque la calidad de su trabajo había decaído notablemente en los últimos meses. Sin embargo, negó la relación entre la enfermedad y el trabajo. No veía razón para relacionarlos, ninguna de las mujeres se había quejado antes.

Dos semanas después Adela recibió una notificación de despido debido a ineficiencia en el desempeño de su labor.

Yo no podía creerlo. Faltaba una semana para *Thanksgiving*, seis para Navidad. Si perdía el puesto ahora no tendría pavo gratis, ni ánimos para celebrar la fiesta si yo la invitaba a ella y al hijo para pasarla con mi familia. Estaba destruida emocionalmente con la enfermedad y encima esto. ¿Y cómo iba a arreglárselas en las Navidades, y los regalos del niño, de dónde iban a salir? Para ese entonces el marido había desaparecido .

Fui al sindicato. La administración de la fábrica había hablado ya con ellos y el delegado encontró el despido indiscutible. No existía prueba concluyente de la relación entre enfermedad y trabajo y los transistores salían de las manos de Adela inaceptables. Claro que ella podía ir a los tribunales y demandar alguna compensación, pero la decisión, aun en caso de ser favorable, demoraría bastante tiempo. Adela tenía derecho a cobrar desempleo, pero el primer cheque tomaría semanas en llegarle y teníamos las fiestas arriba.

Fui a hablar con el jefe, yo. Jamás había hecho una cosa así. Lo interesante fue que ni lo pensé. Le expliqué la situación de Adela. Era difícil complacerme, afirmó paseando despacio de un lado a otro de la oficina, con las mangas de la camisa remangadas para enseñar los bíceps. Su trabajo empeoraba por día, la fábrica estaba perdiendo dinero por tener a alguien trabajando a ciegas. Entonces, al menos que esperara hasta enero para despedirla. Se me quedó mirando y preguntó si ella y yo éramos familia, teníamos los ojos parecidos, y yo la defendía tanto. Continué insistiendo. Llevaba cuatro años allí, siempre había sido responsable, cumplidora, su alambrado era de los más cuidadosos de la fábrica entera. No era culpa suya haberse enfermado. Por lo menos hasta enero.

Entornó los ojos azules y dijo que podríamos discutir el caso, pero en un ambiente más confortable. La noche siguiente, por ejemplo, en un restaurante italiano. Acepté. Estaba obsesionada con el despido de Adela. Dije en mi casa que trabajaría *overtime*.

A veces pienso que no sucedió en realidad, pero sí pasó porque al otro día de la comida, a Adela le notificaron la extensión de su empleo. Me preguntó si yo sabía algo sobre el asunto y lo negué. Todavía dice que jamás entendió aquello.

Me llevó a un restaurante en una calle estrecha del bajo Manhattan. Nunca he podido saber dónde estaba. Lo recibió de manera familiar un camarero bajito y nos condujo a un reservado decorado en terciopelo rojo y piel. Olía a viejo, a colilla de cigarro. Tenía un pequeño sofá y la luz escasa de una lámpara de canelones con un solo bombillo. El jefe pidió whisky a la roca y cinco minutos más tarde empezó a hacer cuentos de cuando era chiquito y el barrio donde vivía a los pocos meses de haber llegado a este país, con cinco hermanos y su madre inmigrante y viuda. Al ser el mayor, le tocó la carga de la familia.

Bebió otro trago y lo animé para unos cuantos más. Yo no. Escuché su confesión interminable durante toda la comida, como si prestara gran atención. En realidad sólo pensaba en sacarle la promesa de dejar a Adela en su puesto. El mismo camarero que nos recibió trajo *manicotti*, ternera y ensalada de *arúgula*, que me encanta, pero comí poco.

Tan pronto retiraron los platos, se dedicó a lo que inicialmente había ido, pero no lo dejé hacer antes de prometer. Me dijo enseguida que hasta enero, después de Navidades. Traía la respuesta lista porque borracho y todo no hubo forma de extender el plazo.

Me desvestí de la cintura para abajo y doblé con cuidado la saya. No quería salir estrujada del trance. En lo que se quitaba con movimientos torpes el saco, la corbata, la camisa, los pantalones, los calzoncillos y los zapatos, yo pensaba que nada garantizaba el cumplimiento de su promesa. Se le olvidó quitarse las medias. Me acosté en el sofacito boca arriba, con los brazos extendidos a los lados. Al verlo acercarse pensé que tenía una estampa, de madre. Al parecer sólo hacía ejercicio para fortalecer el tórax y los brazos. Las piernitas parecían incapaces de sostener la parte superior del cuerpo.

Yo lo dejé hacer, en definitiva, había ido a eso, mas trató y trató y no pudo. Sentía su saliva rodándome por el cuello. Jadeaba mientras se movía de atrás para alante y de arriba para abajo, sin ningún resultado. Pensé que debí haberme quitado la blusa, me la estaba babeando y era de tintorería. Pero lo peor, lo más horrible de la noche fue que como sus ojos eran tan claros, cuando lo tenía encima en aquel forcejeo inútil, veía reflejada en ellos mi cara de asco. Hasta años después, fue esa cara la que guardé en la memoria al recordar el incidente. Finalmente desistió, bañado en sudor, con el corazón acelerado. Yo lo oía. Estoy segura que no siguió por eso.

Se sentó en el borde del sofá con la cara entre las manos. Después de unos minutos comenzó a vestirse callado. Antes de salir, me dijo que confiaba en mi discreción. "No se preocupe, siempre cumplo mi palabra cuando los otros cumplen la suya. Adela seguirá en la fábrica hasta que encuentre otro trabajo. ¿De acuerdo? " Sin enfrentar mis ojos asintió con la cabeza y continuó vistiéndose. Me puse los *panties*, la fajita, el *pantyhose*, la falda, los zapatos, agarré mi cartera y esperé al lado de la puerta a que estuviera listo. Salió él primero. Cerré la puerta del reservado y comencé a andar hacia el carro sabiendo que la simpatía del jefe hacia mí había muerto.

Para *Thanksgiving* mi pavo fue igual al de las demás. Lejos de entristecerme, me alegró y cuando cinco meses después Adela presentó su renuncia, yo presenté la mía.

Pasó los meses de verano deprimida, marchitándose en otro trabajo aburrido, pero al menos no le empeoraba la vista. Yo leía sin cesar, en voz alta cuando estábamos juntas y en silencio al quedarme sola, libros de nutrición, dietas, vitaminas. No había trabajado desde mi renuncia en la planta de transistores.

A mediados de octubre llegué un anochecer a su casa con mis hijos y dos pizzas grandes. Mi marido estaba en Baltimore en viaje de negocios. Después de la pizza preparé chocolate con leche para los niños y café para nosotras. Le dije despacito y con la voz más melodiosa que pude hacer salir de mi garganta, que ahora sí se me había ocurrido la gran idea, en lo adelante iríamos por el camino correcto.

Me miró horrorizada.

—No te asustes, le dije, se acabaron las factorías. Vamos a tomar el examen de equivalencia de *high school*, nos meteremos en un programa especial para mujeres que he averiguado existe y nos iremos a *college*.

—Ahora sí te volviste loca. ¿A *college* con los ojos como los tengo?

—Escúchame con calma, no te alteres, lo tengo todo planeado. Primero, por más que te empeñes en no admitirlo, estás viendo mejor con las dieciséis onzas de jugo de zanahoria diario y los montones de vitaminas. Segundo, lo único que tenemos que hacer es estudiar lo mismo y compartir las clases. No va a ser difícil porque nos gustan muchas de las mismas cosas, y si alguna prefiere otra en algún momento, pues nos adaptamos, vieja. Tenemos que ser flexibles y trabajar juntas si queremos salir adelante.

Se quedó callada, indicación de que estaba cediendo. Continué.

—Una cosa no puedes dudar. Si digo que voy a ayudarte, sabes que lo haré. Si he estado leyéndote artículos del periódico por más de un año, sólo para entretenerte ¿cómo no te voy a leer los libros de las clases que tomemos cuando sé que de ahí vamos a sacar algo? Miraba para abajo. Levantó la cara y dos lágrimas grandes cayeron en la mesa. Las limpió rápido con la servilleta que había usado para comer la pizza.

Donde estuvieron las lágrimas quedó una mancha de grasa. Me partió el alma porque ni cuando el marido la dejó la vi llorar. No pude seguir hablando. Me levanté y busqué una esponja de la cocina para quitar la grasa de la mesa. Adela es muy meticulosa con su casa.

Como en el pasado, la convencí otra vez, con mucho trabajo, para que me siguiera. Nos graduamos con *mayors* completamente distintos. Después de un tiempo entendimos que los gustos no eran tan parecidos como creíamos, pero eso fue ya en tercer año y Adela podía arreglárselas sola. Yo me hice nutricionista y ella siguió literatura, con los ojos malucos y todo. ¿Qué le parece?

No, nunca se lo dije. ¿Para qué, para buscarme nuevos problemas? El alma humana es muy complicada. Jamás sentí lo que hice como infidelidad, pero él no iba a entenderlo. Ni soñarlo. Es muy bueno, pero un típico marido cubano. Sin embargo, no crea, me hubiera gustado decírselo. Incluso, me sentiría más cerca de él de haber podido explicarle lo que nunca ha comprendido, según repite: mi determinación repentina de estudiar, cuando nunca quise hacerlo antes. Es una pena tener que callar ciertas cosas aunque una no quiera hacerlo. Me gustaría compartir con mi marido mi asombro ante la forma en que la vida hace las cosas. Gran parte de lo que soy hoy se debe a aquel episodio de espanto, gracias a él aprendí que no todo se resuelve con una sonrisa bonita, aunque mi mamá lo creyera así.

# Los venenitos

¿Cómo podría haberme imaginado que iba a reaccionar así? Si hacía mucho que no lo quería.

Claro que fui yo quien lo dejó, por hijo de puta, muy consciente de lo que hacía, él jamás me hubiera dejado a mí. Si de los dos yo era la madura, la comprensiva, la serena, la pendeja.

Por eso me cayó como un jarro de agua fría darme cuenta de que me molestaba tanto ver encima de su escritorio las fotografías de la muchachita con quien se empató al año de haber acabado nosotros. Sí, ya habían pasado doce meses desde el día en que, después de cinco años de terapia para librarme de mi *codependency*, le dije que habíamos terminado para siempre. No lo creyó, pensó que se trataba de una pelea más, tal vez de una separación temporal, como las anteriores, pero yo estaba segura de que esa vez era definitiva. Se lo había repetido hasta la saciedad, no descargues tu neurosis en mí, no la cojas conmigo, pero yo era el muñeco de su desgracia, en cualquier situación, siempre culpable hasta que demostraba ser inocente. Si tenía un problema en el trabajo y se lo contaba, porque carajo, si no para qué va a tener una un compañero, su primera pregunta era qué había hecho yo para buscarme el lío. Yo, la persona mejor llevada de la compañía entera. Por siete años consecutivos he ganado el premio de rela-ciones públicas que dan

Cuando me mudé al cuarto chiquito tuvo que aceptar mi deci-sión. Entonces me acusó de que yo había provocado la pelea para terminar con él. No fue así, lo que pasa es que poco a poco fui curándome de mi adicción a él y esta última vez, mientras lo veía haciendo chistes a dos parejas de amigos, quienes reían a carcaja-das, sobre intimidades de mi niñez que sólo con él había compar-tido, pensé que ahora sí le había entrado a tiros a la relación. Us-ted sabe, a las relaciones les da catarro, cogen alergias, a veces pulmonía, y bueno, según la enfermedad se curan o no. El, con su rabia envuelta en bromas, la mató a tiros, sin remedio.

En realidad, yo había estado tratando de dejarlo por años, y al fin lo hice. Me ayudó muchísimo, aparte de las terapias, a las que no quiero restar mérito, el libro de Patricia Evans *The Verbally Abusive Relationship: How to Recognize It and How to Respond*. Lo encontré por casualidad en Barnes & Noble mientras buscaba uno sobre cómo sobrellevar la muerte de un ser querido, para conso-lar la desolación de una compañera de trabajo que había perdido al marido. Pues en ese libro encontré retratada la dinámica de abuso de nuestra relación y la estructura de la personalidad que la provocaba. Si voy a serle franca, aún entonces me dio pena con él, mire si yo estaba enferma. Siempre me dio pena, ése era el problema. Ese es el problema de todas las mujeres que padecen esta adicción. El marido puede hacerte lo que sea y tan pronto lo ves el corazón se te destroza y vuelves a las mismas. Vivir con el dragón que esa persona lleva dentro, según la autora del libro, no es fácil para ella misma, pero en mi caso, para mí era del carajo, y la última vez que le dije: "se acabó", sabía era la definitiva.

Según fueron pasando días y meses, me sentí realmente orgu-llosa de mí, fuerte, libre de su avasallamiento y de mi neurosis.

Incluso cuando empezó el romance con la muchachita y me lo dijo, porque todo me lo contaba durante los quince años de matrimonio, hasta sus aventuras, y que porque si no lo compartía conmigo con quién iba a hacerlo, y así nadie podía venirme con cuentos. Al final, él no podía vivir sin mí, su esposa, su amiga, su amante, su madre. ¿Y usted podrá creer que yo le oía los cuentos y por mucho tiempo hasta me sentía orgullosa de la confianza que me demostraba? También, como yo nunca vi evidencia alguna de estos romances, y vivía bastante aburrida, hasta me entretenían aquellos cuentos. Además, sus horas de llegada y salida de la casa jamás se alteraron, nunca faltó a la hora de la comida. Ahora me pregunto si inventaría. Era un tipo tan raro.

Al contarme que estaba enamorado y mencionarla por el nombre, Fermina, cosa que nunca hizo antes, razoné con sensatez que esto significaba la seguridad de que no quería volver conmigo y me sentí bien de momento. Pero pensándolo bien, todo tiene un límite, y dejar las fotos de la muchacha desnuda donde yo las pudiera ver me pareció un poco exagerado, que lo hacía con intención de mortificarme. Aun así, si se hubiera ido rápido de la casa, no habría pasado nada, pero meses fueron y vinieron y yo no veía movimiento de su parte para mudarse. Mientras, las fotos continuaban llenando el escritorio, hasta que también empezó a dejar allí las notas de amor. Ridiculísimas y mal escritas, pero me jodían. Y si él no hubiera tenido dinero, se entiende aquel apegamiento al apartamento, que le costara trabajo buscar un sitio, pero siempre tuvo buenísimos trabajos, no sólo por su doctorado en química, sino por su especialidad en venenos. Pero le costaba mucho tomar decisiones, yo siempre manejé los aspectos prácticos del matrimonio.

Si le digo que era raro. Lo único que lo entretenía eran sus venenos. Hablaba por días de cada uno nuevo que estudiaba, pero cuando se obsesionó de verdad fue al descubrir en un viaje a Sur

América el pistilo diminuto de una flor con un químico tan poderoso, decía que dos de ellos aniquilarían a un hombre de doscientas libras, sin dejar huella. Su efecto en el organismo era similar al de una intoxicación de mariscos. Los mantenía en un frasco de perfume chiquito, de cristal carísimo, que compró especialmente para ese propósito y lo guardaba en el fondo de su gavetero, entre las medias. Sólo yo sabía dónde estaba, y eso porque lo vi guardándolos, no porque me lo dijo. Fíjese si estaba loco que nunca quiso divulgar el descubrimiento, y lo hubiera hecho rico.

Era una situación difícil para mí. Como siempre fui la comprensiva, me sentía ridícula de decir cuánto me molestaba su ostentación de la relación con la muchachita. No quería lo tomara por celos.

El problema se agravó porque el apartamento era nuestro. Al separarnos decidimos venderlo, por supuesto, pero la transacción representaba tiempo y un montón de esfuerzo, y ya le he dicho que él sólo se ocupaba de sus venenos. Todo iba a tocarme a mí, lo sabía. Insinué que nos sentiríamos molestos continuando ambos bajo el mismo techo. El, con mejor salario que yo, podía alquilar un apartamento pequeño temporalmente. Se negó, era mucho trabajo buscar un sitio ahora y otro definitivo después, que me mudara yo. De hacerlo, más nunca saldría de allí, con su inercia, y yo necesitaba venderlo pronto para comprar otro con mi parte de la venta. Su relación con la muchacha no cambió en nada la situación de vivienda. Aparentemente se sentía satisfecho con la vida que llevaba, viéndola a ratos, comiendo con ella y durmiendo en su cuarto junto al mío.

Todo era turbio. Me enteré, por los papeles sobre su escritorio, que él pagaba el estudio donde ella vivía ahora. Hubiera podido vivir allí, pero no mostró la menor intención de hacerlo durante seis meses. Según fue pasando el tiempo mi obsesión aumentó. En lugar de llegar del trabajo y disfrutar la tranquilidad que gozaba ahora, me dedicaba, no sólo a mirar las fotos y leer las cartas sobre el escritorio, registraba las gavetas con avidez en busca de cualquier papel, comprobante de pago, *ticket* de cine o teatro. Compré un libro escrito por una pareja que había sido analista de fotografías de la CIA y lo estudié con esmero, tomé un curso en el New York Open Center para analizar caligrafía. Conseguí una lupa de potencia especial para mirar las fotos. Ya no me contentaba con leer las cartas que dejaba abiertas. Entraba al trabajo a las nueve menos cuarto para adelantar la salida por la tarde quince minutos y tener tiempo, al llegar a casa, de revisar minuciosamente el correo del día, abrir cualquier carta sospechosa cuidadosamente, examinarla con la lupa si era necesario y cerrarla de nuevo.

Era una lucha de película conmigo misma, ya no con él. La parte clara de mi mente me llevó a hablar con Iris, la abogada amiga mía, para por fin divorciarme y contactar *realtors* para vender el apartamento. Mi lado oscuro hurgaba los rincones de la casa y de su ropa en busca de detalles para torturarme.

Dos semanas antes de morir Raúl, Fermina comenzó a llamarlo por teléfono, no lo había hecho antes. Con voz cansada, inesperada en una persona de veinte y pico de años, le preguntaba por qué no había pasado por su estudio la noche anterior, le había hecho empanadas, su plato favorito, y se quedó esperándolo, si lo había molestado en algo, ofendido sin querer, que la perdonara, por favor, por favor. Varias veces la misma cantaleta en la primera semana, todas las noches, todas, durante la segunda. El continuaba apareciendo a dormir como siempre. No me pregunte por qué, no lo sé.

Al final de la segunda semana en que Fermina llamó por primera vez, pasada la medianoche y casi quedándome dormida, sentí a Raúl entrar al apartamento y dirigirse directo al teléfono para escuchar el mensaje lloroso de la noche, grabado una hora antes. Las últimas tres noches había sido así. Entraba y acudía a la contestadora del teléfono sin esperar siquiera a quitarse el saco y la corbata.

Súbitamente me senté en la cama y el corazón me dio un salto al darme cuenta de que la ausencia a las cenas con ella, el dejarle plantada su comida favorita después de, probablemente, haberle pedido que la hiciera, el no hablarle por días, eran todos indicios de tortura, lo que unido a su extremo interés diario en escuchar en el teléfono las súplicas de su víctima, equivalía a decir que la quería. Abrí los ojos espantada. Entonces, había dejado de quererme a mí. Por eso el fin de semana pasado había sacado sus libros sobre los venenos del estante de la sala y los tenía colocados en un montoncito en el cuarto, listos para llevárselos. Ahora sí se mudaría. Y no pude dormir, vi el sol salir y al primer pajarito que se acercó al comedero de la ventana. Toda la noche en vela, recomida al pensar que estaba dando a otra lo que me correspondió a mí por quince años, lo más legítimo que podía dar cuando algo daba desde el fondo de su alma, lo único que habitaba allí: su retorcido cariño que era una enredadera de rabia. Eso fue lo que sentí, aunque confesarlo me queme el alma. Esa fue la razón de todo lo que vino después. ¿Cómo era posible que otra le importara tanto como para hacerle lo que sólo se atrevía a hacerme a mí, extensión de él, parte indivisible de su yo a quien lastimaba sin conciencia de estar lastimando a un ser diferente del suyo?

Créame, esa fue mi noche triste y aquellos celos mil veces peores que los sentidos por besos y caricias compartidos, porque al fin y al cabo, hacía muchos años que el lazo que nos mantenía unidos, no era el del amor, sino el del espanto. Y mire, usted no me conoce, pero yo soy la persona más calmada del mundo, anormalmente tranquila, decía una amiga.

Al otro día me levanté, hice café para mí como siempre, fui hasta su cuarto, acababa de despertarse, y le ofrecí. Me miró extrañado, pues ya nunca le llevaba café a la cama y aceptó. Entró al baño, abrí el closet y comprobé que mis sospechas no eran infundadas. Casi todos los percheros vacíos y en el piso una maleta abierta recostada a la pared, mostraba camisas y pantalones meticulosamente doblados. Esperé a oír la ducha abierta, abrí la gaveta de las medias, agarré la botellita de perfume, la destapé con delicadeza y deposité en la palma de mi mano los cinco diminutos pistilos que contenía. Dos venenitos matarían a un hombre de doscientas libras, escuché la voz de Raúl diciéndome una vez. El pesaba alrededor de ciento cincuenta y cinco, puse tres en el café para estar segura. Se disolvieron con la primera cucharadita de azúcar. Eché otra, le gustaba bien dulce.

Qué buen químico era el hombre, hay que reconocerlo. Envenenamiento de mariscos, diagnosticaron. Como él no comía en casa hacía tiempo, yo ignoraba qué pudo producírselo, no estaba al tanto de sus alimentos. Ni una sospecha. Al salir el cuerpo de la casa sentí una sensación de alivio que rayaba con la felicidad. No podía creerlo, pero me sentía contenta, liberada. Muerto el perro, se acabó la rabia, hubiera dicho mi abuela.

Pero qué le parece que cuando más tranquila estoy en la funeraria aquella noche, escuchando resignada el pésame de los compañeros de trabajo y el llanto de la familia, quienes traían tisanas para los nervios, preocupados de que yo no pudiera llorar, veo entrar a una muchachita de pelo corto y ojos achinados. Inmediatamente reconocí en ella a la novia de Raúl. Su presencia me produjo una rabia, más rabiosa, porque al final, como me pasa tantas veces, era contra mí misma. A mí no debía importarme que estuviera allí. Al fin, debería casi molestarle más a ella que yo estuviera velándolo que a mí que ella hubiera venido a verlo por última vez. Yo no tenía nada con él hacía año y medio. Bueno, no tenía en el plano físico, pero sí en el emocional, la prueba era lo que me había obligado a hacerle. Sentí ganas de sacarla a empujones, de botarla, pero en mi situación delicada, aunque nadie lo supiera, pensé que no podía actuar como jamás lo había hecho. Todos me conocía como *Miss* Cortesía y lo menos que necesitaba eran sospechas de celos. Todo está saliendo tan bien, no voy a dañarlo, me dije. Tragué y mirando al piso actué como si no hubiera notado su presencia. ¿Pero qué cree usted que hizo? Vino directo hacia mí llorando desmelenada.

—¡Ay señora! —repetía.

Levanté los ojos. No tenía los suyos tan achinados como pensé al verla en la puerta. Casi no podía abrirlos de llorar por horas. Me dio pena, no pude evitarlo. Se arrodilló frente a mí y recostando la cabeza en mis piernas comenzó a lamentarse.

—¿Se imagina qué suerte la mía, señora?

Había llegado sola de Guatemala hacía menos de un año, sin documentos. Trabajaba de empleada doméstica y vivía en el trabajo. Al enterarse la dueña de la casa de su relación con Raúl no la habían querido más, por ausentarse demasiado de noche. El le alquiló un estudio en el que jamás se quedó a dormir.

Eso yo lo sabía.

Ella nunca lo entendió. Un señor tan fino, tan delicado, pero de momento, durante el último mes, dejaba de hablarle por días sin saber ella qué le pasaba, no iba a comer y ella siempre buscándole los gustos.

Me dieron ganas de recomendarle a Patricia Evans, pero estaba segura de que no sabía inglés.

—Al final desapareció por una semana, señora, hasta esta mañana que un compañero de trabajo me llamó por teléfono para avisarme de su muerte. Y que una intoxicación de mariscos. No fue mi culpa señora, en una semana no vino a comer —repetía.

Me pregunté adónde habría estado metiéndose.

—Y ahora ¿qué voy a hacer?, ¿dónde vivir? El dinero de limpiar casas no me alcanza para pagar un alquiler yo sola. Mejor me hubiera quedado en mi país y que me matara el ejército o los rebeldes. Qué más da. ¿Dónde voy a vivir ahora, dónde? —repetía casi ahogada.

—En mi casa, si quieres —le dije.

Paró de llorar.

—¿Haría eso la señora por mí?

—Sí —asentí con la cabeza—. El apartamento es grande y el cuarto de Raúl está vacío.

Con Raúl vivo me hubiera tocado la mitad al venderlo, pero ahora había heredado su parte, pensé sin abrir la boca.

Cogí fama de santa. La ayudé a mudarse tan pronto terminó el funeral. Eso fue hace tres años y aún está conmigo. Es inteligente, limpia, hacendosa, agradecida. Desde el primer momento me recordó a mí misma a esa edad. Le busqué una escuela para que comenzara a aprender inglés, la ayudé a entrar en la universidad, la puse en contacto con Iris, mi amiga abogada y le arregló los papeles de residencia. En realidad nos hemos ayudado mutuamente. Al comenzar a vaciar el cuarto de Raúl para ubicar en él a Fermina, me di cuenta de la desolación que hubiera sentido sin su presencia, de no haber tenido a la muchacha compartiendo la casa conmigo.

Por dos años, fue perfecto. Y entonces se jodió la cosa. Se enamoró y al presentármelo, al momento, por la forma en que la trataba me di cuenta de que había buscado una réplica de Raúl. Después de conocerlo mejor reafirmé mi criterio, para horror mío. Este va camino de pegarle, si no lo ha hecho ya. Los insultos han ido en ascenso astronómico en el año que llevan. Ya Fermina lee inglés. Le he dado todos los libros que yo leí, en el apartamento tengo una biblioteca sobre el tema, como para hacer un doctorado, pero no los lee. Es un horror que me tiene desvelada hace tres semanas. La veo y me veo cuando tenía su edad y sé lo que la espera. Años aguantando mierda, en lo que empieza a darse cuenta y después más años en lo que logra salir de eso, si sale, que nadie puede asegurarlo, y si sale, sabe Dios cómo, lo sé por experiencia.

Y en este momento no se puede hacer nada. Lo que yo le cuento de mí, no lo relaciona con su situación, cree que son exageraciones y que en su caso será distinto, todo mejorará cuando pase el tiempo. Con su amor, ella podrá hacerlo. Pobrecita, conozco el patrón tan bien. No importa lo que él le haga, viene y se arreglan sin una verdadera explicación por parte de él sobre lo sucedido. Sólo dice que no sabe por qué lo hizo, no pudo evitarlo y ya pasó, para qué hablar de eso, no tiene remedio. Ella lo acepta y borrón y cuenta nueva. Pobrecita. Eso no es vida y no lo será en muchos años, si logra salir de eso algún día, que quién sabe.

Me he obsesionado, y he venido a verla, no porque me sienta mal con lo que pasó hace tres años, sino porque quiero ver si después de esta conversación se me pasan las ganas que me han entrado de resolver ya esta situación. Dice Alice Miller que cuando un adulto siente la tentación de cometer incesto con un niño y lo habla con el terapista, no lo hace. Aunque usted no es terapista y a mí nunca se me ha ocurrido cometer incesto, quiero ver si la palabra hablada exorciza mis intenciones.

Lo que pasa es que esta mañana abrí el frasquito de perfume en que Raúl guardaba los pistilos y vi que quedan dos.

No, no va por ahí la cosa. Fíjese que pienso que eliminar al tipo no va a resolver ningún problema. Sería un hijo de puta menos, pero el mundo está lleno de ellos. El problema es que las mujeres los aguantan y quien me parte el alma es Fermina. Sé que ella, tal como la he visto conducirse ya en dos ocasiones, si él desaparece buscará a otro que abuse de ella. Y dígame usted, ¿vale la pena vivir así, en el mejor de los casos, un montón de años, en el peor, toda la vida? Si se casa y empieza a parir, con lo dócil que es, olvídese, y otra posibilidad es que uno de esos tipos la mate a golpes. O a tiros, o a puñaladas.

De cualquier forma, el zángano este que se ha buscado pesa como ciento noventa libras, sólo quedan dos pistilos y no me arriesgaría a fallar, ahí sí pueden venir investigaciones. En cambio, Fermina no llega a las ciento cinco. Lástima, tiene una bonita figura.

# La más prohibida de todas

Esta será la historia más prohibida del libro, una joya, ya verás. La única condición para entregártela es que sea la última, la que lo cierre. Es tan buena que reclamo ese privilegio para ella.

Mientras atravesaba el parque para llegar aquí pensé que no podría contar esto a alguien a quien recién conociera. Voy a hacerme la idea de que estoy hablando con una vieja amiga a quien veo la cara hoy por primera vez. ¿Está bien?

Después, creo importante aclarar que no he venido por considerar tabú lo que voy a contar, en el sentido que has definido "historia prohibida". Sería una hipocresía decir eso. No me perturba el alma ni me causa insomnio. He vivido demasiadas cosas y he visto vivir a otros muchas más para escandalizarme a estas alturas. No. Además, no me gusta la gente con culpas. He disfrutado lo sucedido a plenitud, y lo asumo.

El noventa por ciento de las razones para estar aquí son profesionales, y el otro diez corresponde al placer de tener una oyente inteligente. Me gusta hablar con la gente, y debido a mi trabajo y a viejas manías paso gran parte del tiempo haciéndolo con mis personajes y conmigo misma.

Entiendo la pregunta: siendo yo autora de varios libros de cuentos y juzgando la historia tan buena por qué te la doy. Bueno, si pensara que vas a escribir el cuento definitivo, el único posible sobre este relato, no lo daría, no soy así de generosa, pero esa posibilidad no me amenaza. Tu historia será sólo una de las múltiples que pueden hacerse sobre cualquier anécdota. Si una tercera persona la oyera saldría algo diferente, bien lo sabes.

Por otra parte vine, como dije antes, debido a un interés profesional específico. Espero sacar de esta conversación *mi* propio cuento sobre el episodio, por eso voy a grabar. Espero no te moleste. Quiero hablar sin editarme, sin pensar si lo que estoy diciendo está bien o mal, correcto o incorrecto, sin censura. Lo importante es contarlo todo. Necesito ganar perspectiva antes de emprender mi trabajo. Nunca antes he hecho algo así y estoy curiosa por ver el resultado.

A lo mejor estoy poniendo una carga demasiado pesada en ti, pero si has ayudado a otra gente a liberarse de sus culpabilidades, ¿por qué no vas a darme una mano en esto? Reúnes todas las características para resolverme el problema. Mi idea, más bien mi necesidad, es que escuches desde dos ángulos: oyendo la historia para tú recrearla, y a la vez con un sentido crítico, según yo vaya explicando los problemas estéticos que preveo en la escritura de mi texto y las soluciones que he imaginado para sortearlos. Quiero que quede constancia de cómo percibí la situación en este momento. Eso, creo, quedará plasmado en la grabación y en tu cuento. He visto lo que hiciste con la historia de Angel y me gustó.

El mismo, el hombre *gay* que vino a verte por sus fantasías sexuales con mujeres. Somos íntimos amigos. Fue él quien me entusiasmó para pedir una entrevista. Fíjate cómo soy de distraída que casi se me olvida mencionarlo.

No sé todavía qué estructura voy a darle a mi versión, pero dada la distancia que quiero establecer entre personaje y narradora, será escrita en tercera persona, de eso estoy segura. Voy a incluirla en una colección casi terminada ya, titulada "Historias de mujeres grandes y chiquitas", pero no sé cuándo saldrá. La próxima primavera, a lo mejor en el verano. Aun cuando no te vea más después de hoy, prometo enviártela cuando salga.

He pensado tanto cada detalle. No sabes cuánto. A pesar de haber vivido bastantes años, aún me deslumbra la capacidad inagotable de la vida para sorprendernos, su habilidad para hilvanar nuestros destinos, retomar un hilo del pasado que parecía suelto para siempre y dar con él una puntada en el presente que nos cambia el diseño del futuro. Tengo un montón de ejemplos con mi propia vida. Voy a darte uno.

Yo me crié prácticamente en el cine. Era el entretenimiento número uno de mi mamá y mío. Ibamos dos o tres noches a la semana, aunque al otro día perdiera la escuela por no poderme levantar temprano. Ella no le daba mucha importancia a eso. Casi siempre veíamos películas de Hollywood, cuyas protagonistas eran cualquiera de las grandes estrellas de los años cuarenta y cincuenta. Sí, sé que me veo más joven, pero nací poco después de terminada la guerra civil española.

Sin fallar, en algún punto de cada una de aquellas películas la cámara tomaba a la actriz bajando una escalera de mármol de ancho pasamano, vestida con una bata de casa larga de color pálido, de razo. Tal vez no siempre llevaban una bata de casa, pero así las recuerdo. Eran todas, o lucían, altas y delgadas, y tenían alrededor de cuarenta años en aquel punto de la trama. Al pie de la escalera las esperaba un hombre, su primer y único amor a quien no veían hacía largo tiempo. Cruzaban una mirada intensa mientras ella bajada despacio cada escalón hasta quedar frente a él. Se amaban como la primera vez. Los sentimientos intactos, nada había logrado alterar aquel amor imposible. Ella, casada ahora con otro, rico, le correspondía con lealtad desapasionada la adoración que le profesaba. La clausura del gran amor selló en su alma para siempre la posibilidad de una nueva pasión. Serena y lujosa, sobrellevaba con elegancia su honda tristeza.

Tantas veces vi repetida la situación, que aquella mujer rodeada de infortunios amorosos y ambiente espléndido se me convirtió en ideal, y crucé la adolescencia anhelando su destino. Sobre todo, hallaba tremendamente cool el desdén por el amor, la capacidad para controlar los sentimientos, algo que yo, por aquellos tiempos descontrolada siempre, dependientes las emociones de alguien, consideraba más que envidiable. En mi interior vivía dedicada a buscar, cuando lo analizo ahora, no el amor, sino una decepción que mi subconsciente percibía como liberadora de mi enorme necesidad de cariño.

Pues mira, los enredos amorosos duraron muchos años, pero cuando tenía ya cerca de cincuenta, alrededor de diez más vieja que los personajes de las películas, hastiada de relaciones fracasadas, desengañadísima de la última, dejé de enamorarme. No lo hice adrede, simplemente se me fue, y quedé libre al fin de la atracción romántica. Pero lo imprevisto, lo que jamás calculé en el cine, de niña, es que no sería de los hombres de quienes iba a estar decepcionada al final, sino de las mujeres. Sí, la mayor parte de mis relaciones románticas han sido con mujeres, aunque de jovencita me fascinaban los hombres.

Mi niñez no fue nada típica. Mis padres eran andaluces republicanos, y en Andalucía vivieron hasta que alguien denunció a mi papá y lo fusilaron, recién terminada la guerra civil. Mi madre, perseguida, no tuvo otro remedio que montarse, con una barriga de cinco meses ya, en un barco que salía para Cuba, sin haber pensado nunca antes en vivir fuera de su país. Para qué contarte las calamidades durante el embarazo. De casi verse durmiendo en los portales de La Habana si no hubiera sido por una pareja de campesinos jóvenes, recién llegados ellos mismos de Piloto, un pueblecito de Pinar del Río, que la conocieron sentada en el paseo del Prado, llorando y la acogieron en la habitación que compartían con dos hijos chiquitos cuando mi mamá llegó. Cinco personas, después seis, en un solo cuarto. Cocinaban con carbón, en un fogón colocado en un patio común para las diez familias que vivían en aquel sitio. El muchacho mismo lo había construido, con planchas de cinc cargadas desde el basurero de una fábrica cercana. Peor aún eran las condiciones del baño. Uno solo, situado en el centro del patio y utilizado por todos.

Fue duro para mi mamá, muy duro. En España era pobre, pero venía de pueblo chico, donde tenía poco de todo, menos de espacio. Eso era lo realmente insoportable para ella, el hacinamiento. Lloraba y suplicaba a Dios día y noche. De niña me contaban que en su lamento repetía inconsolable: "Por favor, Señor, líbrame de este martirio." La letanía trajo como consecuencia que Ismael y Adriana, los cubanos que la albergaban, la apodaron *la muchacha del martirio*. Tenía sólo diecisiete años. Tuvo un parto difícil, nací, pasaban los días y a la pobre no le acomodaba ninguno de los nombres sugeridos. Al cabo de dos semanas de referirse a mí sólo como "la niña", declaró enfática una mañana, dándome el pecho sentada en el único sillón de la casa.

—Dadas las nefastas circunstancias en que esta criatura ha venido al mundo, el único nombre posible es Martirio.

Trataron de disuadirla, pensar en el porvenir. Crecería y ¿qué cubano iba a casarse con una mujer llamada Martirio? No le importaba nada, afirmó rotunda. Martirio. Así me puso y así me llamo, Martirio Fuentes.

En realidad, el nombre jamás causó problemas para conseguir novio. El problema fue que en sueños y despierta andaba vehemente detrás de un amor imposible, avasallador y único que con-

sumara mi destino de heroína de cine, y en la búsqueda me enre-
dé con un montón de hombres, casi todos casados, para terminar
frustrada y en ocasiones metida en unos líos que no quieras tú
saber, el peor de todos cuando, a los dieciocho años, quedé embarazada. Me hice un aborto a escondidas de mi madre, no porque
ella fuera a escandalizarse demasiado, era muy tolerante conmigo y con ella misma, sino por no hacerla sufrir. Lo supo de todos
modos y de la peor forma. La mujer del tipo fue a verla, histérica.
Mi mamá, por defenderme, dijo que debía comprender que yo
era casi una niña y su marido más culpable que yo, bastante viejo
para andar cometiendo semejantes barbaridades. La mujer respondió que se acordara del cuento de la vieja sorda que preguntó
qué pasaba al oír una algarabía en la calle, le contestaron que se
trataba de una riña, ella entendió niña, y al aclararle que era una
disputa, la vieja respondió que entonces no era tan niña. Las niñas no andan metidas en posadas acostándose con maridos ajenos, como hace su hija, gritó a todo pulmón. Los vecinos de los
otros cuartos de la casa de vecindad en que vivíamos observaban
desde el pasillo al que daban las habitaciones. Mi madre por poco
la mata. La mujer quedó prácticamente pelona, con peluca andu-
vo por más de dos meses, pero empezó a perseguirme con una
saña sin tregua, repitiendo que me mataría, y hasta mostraba un
revólver para dar solidez a su amenaza. La muerte en bicicleta la
que formó la señora. Estoy viva aún gracias a que mi mamá y yo
nos marchamos del país al galope, en un viaje que se dio casi por
casualidad.

De cada una de aquellas relaciones salía destrozada
emocionalmente, no exagero, pero jamás inmune a los
enamoramientos. Al contrario, aún antes de la terminación definitiva, ya no podía comer ni dormir, sufriendo el terror de verme
sola. La única manera de sentirme viva era enredada en un amo-
río. Una verdadera tortura la vida mía entonces, un desastre emo-

cional era yo. Y el no enamorarme de muchachos de mi edad, sino de hombres que me llevaban diez años por lo menos, empeoraba el cuadro porque más que acostarme, yo buscaba a alguien con quien levantarme y tomar el café de la mañana, con quien ir al cine y comentar después la película, alguien a quien abrazar al despertarme y contarle el sueño que me había aterrorizado en la madrugada. Muchas cosas no sabía aún sobre mí misma, pero eso sí lo sabía. Para colmo, las relaciones sexuales con ellos me producían una tensión de espanto, por una razón principal. La banda sonora que aquellos individuos instalaban tan pronto comenzaba a quitarme la ropa, me horrorizaba, aunque a la verdad, también me encantaba. Eran sesiones de sexo con acompañamiento vocal ininterrumpido y me provocaban las sensaciones más encontradas.

Aquí es donde comienza mi problema con la narración que planeo. Tú conoces mi trabajo literario, jamás he escrito pornografía, no es mi línea, pero para que ese cuento sirva es necesario reproducir, al menos de forma parcial, el impudor de aquellos diálogos soeces. Si no ¿a qué conduce la afirmación de que la banda sonora puesta a funcionar por el amante de turno provocaba las emociones más contradictorias en la protagonista? No hay manera de que el lector reciba el impacto de esos sentimientos sin tener acceso a las habitaciones. Pero no es fácil poner por escrito cómo cualquiera de aquellos señores, apenas entraba y se quitaba el saco y la corbata, se acercaba a mí, también ocupada en el proceso de la desvestida, me desabrochaba el *brassiere* y comenzaba:

—A ver, mami, ¿para quién son esos bombones que Dios te hizo crecer en el pechito? Para que tu papi se los coma, ¿verdad? Dímelo, rica, por favor, no seas mala, no te quedes calladita como la última vez, háblame, dime que me los das a mí y a nadie más, que yo soy el único que te goza.

Yo, muda, mientras él continuaba:

—¿Quién se los va a chupar enteritos, cosa santa, hasta sacarles la última gota de almíbar que les quede? Anda, mami, dime quién, no me tortures, mira cómo me tienes. Mira—. Y abriendo las piernas mostraban su crecida protuberancia sin ningún recato.

Y yo miraba hacia todos los espacios posibles del cuarto menos para donde suponían las reglas del juego que lo hiciera. Eso era sólo el principio. Ya en la cama, callaban únicamente cuando tenían la boca llena con alguna sección de mi cuerpo.

Lo más curioso es que en la vida una nunca sabe con la que gana ni con la que pierde, y al correr de los años, me di cuenta de que si no hubiera sido por aquellos encuentros, tal vez no me habría hecho escritora. No lo veía así entonces, por supuesto, pero en esas camas de hoteles baratos concebí la idea de recrear por escrito lo que escuchaba. Era una situación muy peculiar. Date cuenta de la edad que yo tenía y de mi circunstancia. Bullían en mí la curiosidad, las ganas de aventuras, el empacho de los miles de melodramas vistos, mi niñez compartida sólo con mi madre, eterna melancólica y su amante de turno, desentendido de mis súplicas de cariño. Y todo esto sobre la base de una juventud exuberante, repleta de sensualidad.

Siempre eran sábado las citas, a las que llegaba ansiosa por conocer el guión del día, y a la vez asustada y tímida. Al girar la llave en la cerradura de las puertas, sucias por el exceso de uso, el color de aquellas tardes, grises, rosadas, claras u oscuras, desaparecía. Dentro, una realidad perpetua donde enero, mayo, agosto u octubre perdían significado para dejar paso a una sexualidad erigida sobre las palabras. Creo que sin la narración no hubiera habido ni erecciones ni orgasmos. Las caricias servían de apoyo a las palabras, no las palabras a las caricias, al menos esa era mi impresión. Me maravillaban las múltiples variaciones para el mismo tema. Había constantes. "Qué rica estás, eres una sabrosura, mira cómo me tienes", esas frases las repetían todos, pero cada uno, de alguna forma había construido su repertorio personal. El fallo conmigo era que les convertía los diálogos en monólogos. Por ejemplo, un intercambio ideal, ya empezando el episodio de la penetración, hubiera sido:

—Nada más te voy a meter la puntica, mami, el resto lo voy a dejar afuera, pa' que sufras. Así, un pedacito nada más. Tranquilita, no se mueva que la quiero desesperadita.

Y el tipo se quedaba quieto. Entonces yo debía contestar:

—No papi, por favor, enterita la quiero dentro, toda, no ves cómo estoy sufriendo. Papi, papi.

—Es que te va a doler mucho mami, tú sabes lo grande que la tengo.

—No importa, papito, toda aunque me desbarate. Métemela, que la necesito.

Y ahí venía el chorro de obscenidades, que probablemente tú conoces. Pero yo no contestaba, aunque en poco tiempo aprendí cuál debía ser mi parte del libreto. Lo seguía sin abrir los labios, hasta divertida, pero no me atrevía a actuarlo. Por un lado era timidez y por otro el mantener una distancia de la escena que me dejaba percibir lo mucho que había de cursi y de cómico en ella. En el medio de la actuación me imaginaba sentada en un escritorio, con papel y pluma, escribiéndolo, y así quién. Los dejaba hacer casi todo lo que les placía y sólo resistía cuando trataban de voltearme y poner por detrás lo que con mayor frecuencia se pone por delante. Eso no lo permití hacer hasta años después, ya fuera de Cuba.

El peor amante fue uno que dejó de moverse por completo, de verdad, en el medio de la función, con la intención de controlar mi orgasmo. No soportaba que la mujer disfrutara antes que él, me dijo después y su improvisación era agresiva.

—Ahora no, va a ser cuando yo quiera. ¿Crees que puedes hacer lo que a ti te dé la gana? Pues no. Vas a aprender de una vez por todas quién manda aquí.

Su juego no me gustó porque la acción reafirmaba el discurso. En los demás, hechos y palabras iban por distintos rumbos. De cían "te voy a hacer sufrir hasta que me supliques que te la meta" mientras la estaban metiendo o cuando más, se detenían por unos instantes, para aumentar la diversión, pero el fulano que no se movió, por lo visto había aprendido a jugar en una escuela militar. Se me fue el impulso, que tremendo esfuerzo de concentración me costaba coger, y cuando después de terminar quiso masturbarme, afirmando con gran orgullo que ésa era su técnica, pensé: gran mierda, y a la segunda vez que la puso en práctica, no lo vi más.

De todos los libretos, mi favorito fue el del dueño de una finca, bastante más viejo que yo, alto y canoso, que venía de Camagüey expresamente a pasar unas horas conmigo. Se sentaba frente a mí, los dos desnudos en la cama, me colocaba una mano en cada muslo y los iba separando mientras decía bajito y despacio:

—Ábrete, mami, enséñale a tu papi todo lo que tienes guardadito entre las piernas y que tú sabes es mío aunque te resistas. Déjame ver esa florecita que voy a comerme poquito a poco. Así. Dios mío que cosa más santa estoy viendo. Así... así. No puedo creer que todo esto sea para mí solo. Ya verás que no vas a arrepentirte de habérmela dado. Te voy a hacer gozar como jamás te ha hecho gozar nadie. No vas a olvidarme nunca, aunque cien más traten de hacerte lo que yo te estoy haciendo. Nadie va a hacértelo como yo, con este gusto con que te lo hago y a nadie vas a dárselo con el gusto que me lo estás dando a mí. Ven, ricura de mi vida, cielo santo.

Y mientras yo abría las piernas y deslizaba el cuerpo hacia atrás sobre las almohadas, él, suavecito, iba poniendo los dedos dentro de mí al ritmo de las palabras. Sacaba los dedos, ponía la boca donde había tenido las manos y después se me acostaba encima y donde había entrado con las manos y la lengua entraba con lo demás. Ese lento juego de sustituciones hacía los orgasmos fáciles y verdaderos. Con los otros, la mayoría de las veces los fingía para terminar el asunto e irme a mi casa a comer el arroz con pollo que sabía mi mamá había hecho. Le quedaba sabrosísimo. Lo hacía a la chorrera, con mucho aceite de oliva y pimientos morrones. Como me gustaba tanto, era la comida de todos los sábados y me guardaba un plato para el almuerzo del domingo.

A pesar de criarme sola, se las arregló súper bien, gracias a su habilidad como modista y a la localización del edificio a que nos mudamos después de separarnos de Ismael y Adriana. Era en la calle Monserrate, frente al Instituto de La Habana. Como en nuestra vivienda anterior, había para todos los inquilinos un cuarto de baño común en el pasillo. Pero ahora estábamos en un quinto piso, teníamos un balcón diminuto frente a la calle, por el que entraba la brisa, y al menos éramos dos en la habitación, en vez de seis.

Mi madre, a quien nunca abandonó la tristeza, era de trato suave y hábil para hacer amistades, a pesar de sus lágrimas. Lloraba por lo menos un ratico en los mejores días y un rato largo en los peores, pero entre suspiro y suspiro hacía unos buñuelos de Pascua cubanos y un flan con receta de su tierra natal, para chuparse los dedos, y se la pasaba repartiendo dulces. Si sólo hubiera ofrecido gemidos, no creo que la gente se habría apegado así. Era la combinación de tristeza y postres lo que los atraía como abejas a un panal.

En el cuarto contiguo al de nosotras vivía una francesa llamada Teresa, *matrona* de una casa de citas en la calle Obispo, y le ofreció trabajo. Mi mamá lo rechazó agradecida, explicándole su incapacidad para ese tipo de empleo, debido a su condición de llanto diario y sin aviso de la hora en que ocurriría. Teresa habló entonces con sus empleadas y le consiguió varias clientas, a quienes cuidaba los hijos por las noches. Los muchachitos dormían, excepto uno que padecía de asma, y en general mi madre podía descansar, para pasarse el día cosiendo. Como modista era excelente y logró hacerse de una buena clientela. Las mejores, algunas esposas y queridas de políticos que gastaban una barbaridad en ropa.

No teníamos lujos, pero comíamos regularmente y yo, gracias a los retazos escamoteados a los vestidos de las clientas y a las tiendas de telas baratas de la calle Muralla, me vestía mejor que muchas con mejor posición económica. Hasta me pagaba la módica cuota mensual de la escuela privada del Centro Asturiano. Vivíamos solas a veces y otras acompañadas por algún hombre, quien sin variar nos abandonaba, huyendo de su quejosa pesadumbre. Yo disfrutaba de una libertad poco usual en una jovencita cubana de aquella época, en parte por la constante dedicación de mi mamá a su trabajo y por su falta de ánimo para andarme detrás. Las amiguitas me envidiaban por poder hacer lo que quería. Yo las envidiaba a ellas porque sus madres se preocupaban por lo que hacían y nadie rechazaba su conducta. A veces de manera velada y a veces bastante desvelada, yo sentía la discriminación de la mayoría de los padres de mis compañeras de clase. Iba a estudiar a sus casas, pero a ellas no les permitían venir a la mía, y de sus fiestas de cumpleaños yo quedaba excluida. Así era.

En noviembre del 58 mi mamá, sin pensarlo mucho y tratando, la pobre, de aliviar su depresión perpetua, alejarse un tiempito de la atmósfera de terror que sufría La Habana debido a la situación política y, sobre todo, librarme a mí de la furia de la esposa engañada, se embarcó conmigo rumbo a Nueva York en un barco en el que un marinero español con quien salía, peladísimo siempre de dinero, nos montó en tercera, no sé cómo, y lo lindo es que ella tampoco supo nunca. Su idea era cambiar de ambiente por unas semanas, pasar unas Navidades tranquilas y con nieve y regresar en los primeros días del año siguiente, 1959. Tan es así que nuestro cuarto quedó intacto. Años después nos dijeron que cuando los vecinos comprendieron que el dueño iba a abrirlo, agarrar lo utilizable y botar el resto, lo hicieron ellos antes. Eso le gustó a mi mamá.

Al llegar a Nueva York, el marinero nos llevó a casa de unos amigos de él con quienes nos quedaríamos durante nuestra estancia en la ciudad. Hotel, ni soñarlo. Resultaron andaluces como mi madre, del pueblo vecino, y para más casualidad, se dedicaban a la costura. Tan pronto supieron el tipo de clientela que tenía en La Habana le propusieron arreglar una entrevista con el jefe de la fábrica en que trabajaban. Al principio ella tomó la proposición por locura, pero insistieron.

Inmediatamente le ofrecieron un puesto para cortar patrones. El sueldo lucía una millonada, pensó que yo tendría mejor futuro aquí, con lo desprestigiada que estaba allá, y no regresamos a Cuba, aunque al mes ya se había dado cuenta de que para los Estados Unidos, el salario era una miseria.

Ya tenía dieciocho años, cumplo el 14 de noviembre. Continué estudiando y enamorándome, pero con muchísima más calma y cuidado. El último episodio de La Habana me hizo cautelosa, y aquí siempre andaba ajetreada, cansada entre los estudios y los trabajos *parttime*. No estoy segura de si la energía se me acababa antes de llegar a los rollos, o si no me entusiasmaba meterme en ellos después de probar unos cuantos y darme cuenta de cómo extrañaba aquella sexualidad "pasada por las cuerdas vocales", como dice Emilio Bejel en uno de sus poemas.

En realidad, el estilo de vida de esta ciudad ubicaba mejor que La Habana de entonces a dos criaturas incapaces, debido a sus circunstancias, de cumplir con los requisitos tradicionales impuestos a las mujeres denominadas "decentes". Con todo, extrañé mucho el mar y el olor de los días de lluvia en el trópico. Fue lo que más extrañé. Pasamos bastante al principio, pero una vez mi mamá aprendió el funcionamiento de la industria de la aguja, se avivó y comenzó a hacer buen dinero, que jamás me escatimó. Pude tener mi propio cuarto y a nadie le importaba si salíamos o entrábamos. Yo trabajaba más que nada por mantenerme ocupada.

Hice miles de cosas antes de encontrar mi caminito como escritora, camarera en cafeterías, cajera en supermercados, vendedora de hamburgers en McDonalds, *just name it*, pero mis empleos favoritos eran los relacionado con el arte. Uno de los más frecuentes y mejor pagado era modelando en escuelas de pintura. Una vez me tocó hacerlo junto a un muchacho del sur de la India. Sus ojos, semejantes a los de las imágenes de los dioses de su país, me hicieron comprender el exacto significado del adjetivo "almendrado". Enormes en el centro, iban cerrándose hacia los lados hasta terminar en las sienes. Parece una exageración, pero juro que tan alargados eran. Su delgadez, los brazos y hombros más bien estrechos, y la cabeza, tal vez demasiado grande para el cuerpo, hacía sus proporciones no muy armoniosas.

Un sábado estuvimos sentados desnudos, uno frente al otro, alrededor de seis horas. Para aquel entonces ya tenía mi propio apartamento. Sala, cuarto, baño y cocina, todo mínimo en el sexto piso de un edificio sin elevador en la calle Mott, llegando a Chinatown, pero allí podía llevar a quien quisiera sin molestar ni preocupar a mi madre, que bastante tenía con sus propios amores. Al terminar la sesión de modelaje, salimos juntos. Era un día de los últimos de invierno, en marzo, y caía una lluvia helada. El largo tiempo sin ropa y tan cerca, creó una familiaridad que no hubo necesidad de mencionar para reconocer. Nos habíamos observado lentamente y sin pudor por horas, mientras posábamos. Al término de la sesión conocíamos los lugares mutuos del cuerpo en los cuales resaltaba un lunar más claro o más oscuro, yo había notado su cicatriz en la nalga izquierda y él mi irregularidad de nacimiento de tener una costilla más alta de un lado. Ya en la calle, comenzamos a hablar. Afirmó que aquel *weekend* no tendría responsabilidades familiares y me miró a los ojos, como esperando preguntas que no hice. Al pasar por un restaurante tailandés, sugirió entrar a cenar. Disfruté la comida sin inquietarme por la mención de sus responsabilidades familiares y a las tres horas estábamos en mi cama.

Shrinivas, como se llamaba, desconocía el acompañamiento verbal del acto de amor cubano, pero parecía haber estudiado el *Kama Sutra* sin saltar una página. Fue la primera vez que hice el amor, la primera vez que me lo hicieron. Hacer el amor. Esa expresión cobró una vida en mí después de aquel encuentro, sólo comparable con la de haber entendido, ante la visión de un ser humano, el origen de los ojos de las imágenes indias.

Sus caricias eran sabias, precisas. Tantos, y tan poco usuales algunos para mí, fueron los movimientos a que estuvieron sometidas mis coyunturas a lo largo de la noche, que por la mañana sentía algunas, las más usadas, fuera de sitio, pero no me quejé. Con gusto me había dejado descoyuntar, y estaba dispuesta a practicar hasta que se habituaran al placentero ajetreo.

Casi al amanecer, abrazados, entre dormidos y despiertos, sosegados, despacio aprendimos los olores mutuos, las fragancias del pelo. Las manos deleitadas recorrían un cuerpo hasta ayer ajeno y que de pronto formaba casi parte del otro. Después hicimos café. Nunca he dormido mucho, ni de bebé según mi mamá, y Shrinivas tampoco, hábito que estimé cualidad irreprochable. La gente que duerme hasta tarde me impide compartir mi entusiasmo por el comienzo del día. Regresamos al cuarto para el café en la cama y al subir la cortina de la ventana, no esperando ver el sol, ausente aquella mañana, sino a alguno de los pajaritos que en ocasiones se posaban en los árboles del patio al cual daba el apartamento, tuvimos ante nosotros una escena de cuento de hadas.

La lluvia helada de la noche anterior, incrustada en las ramas desnudas, creó un jardín de encaje translúcido. Resulta imposible traducir en palabras el esplendor de la visión. Ciertas sensaciones sólo pueden ser apreciadas a través del sentido que les corresponde, y la brillantez de aquellos árboles de la calle Mott, únicamente presenciándola. El hielo estaba ajustado tan parejo a las ramas, que parecían haber sido sumergidas en una gran tina de diamante líquido y ya embellecidas, devueltas a los troncos, como se cubren las manzanas de caramelo, sumergiéndolas en una olla de almíbar.

Shrinivas comenzó a hablar de él allí, frente a la ventana, y sus confesiones, su voz llegando desde el fondo de sí mismo, fueron el momento de mi deslumbramiento. Fue comenzar a hacer el amor de verdad. Lo demás había sido preámbulo. Su capacidad para la intimidad me era desconocida.

Habló. Habló del polvo de los caminos de Bombay en tiempos de seca, del olor de los campos en la estación de lluvia, de los árboles y las particularidades del patio de su casa. Me apretó a él y habló del día en que su madre lo sacó de la escuela antes de la hora habitual y enloquecida lo arrastró de una mano por calles polvorientas hasta una puerta estrecha de madera carcomida en un tugurio de la ciudad, y al abrirse a los gritos de ella, se internaron ambos en una oscuridad de pasillos estrechos y malolientes, sembrados de cuartos minúsculos dentro de los cuales se apretaban cuerpos desnudos envueltos en sábanas sin cambiar, bañados en sudor y humores propios y ajenos. Y en uno de ellos, desde detrás de las lágrimas y rodándole por la camisa de uniforme de escuela un vómito incontenible, vio a su padre en una de aquellas camas cochambrosas, de colchoneta hundida, moviéndose encima de una sobrina de doce años a la que había traído del campo un año atrás, prometiendo a su hermana educarla como hija propia junto a Shrinivas y sus hermanos.

Yo nombré lo innombrable hasta aquel día. Mis llantos calla-
·s de niña, cuando extrañaba con ansia feroz en las nochebue-
·s la presencia de un padre, mi desolación de los seis años al
contrar a mi mamá moribunda en el baño. Hablé de mi deses-
·ración al no entender el significado de la palabra suicidio, del
·sgarramiento de aprenderlo en los momentos en que aún no se
·día asegurar el fracaso del intento, de mi esfuerzo a aquella
·ad, recién aprendiendo a leer y escribir, para memorizar las
·strucciones del médico cuando hablaba a los vecinos y mi vigi-
·cia disimulada para que las siguieran al pie de la letra. El te-
·r de saberme impotente, darme cuenta sin que se me tomara
·cuenta, de que del cuidado de quienes no entendían nada de
·estra vida dependía la de mi madre, del terror de su muerte.

Shrinivas me contó sus sueños con transformaciones, siempre
·n transformaciones. Yo le conté los míos con peces en el mar,
·n peces de cartón, peces que trataban de nadar en el piso de
·saico blanco y negro del baño, peces dorados aplastados sin
·erer bajo mis pies.

Me contó los pormenores de su primera cita de amor con una
·ujer y la vergüenza cuando ya desnudos en la cama, compren-
·ó que nada iba a pasar porque su cuerpo no respondía a los
·dores del de ella. Yo le conté mis intempestivas entrevistas de
·s sábados en los hoteles de La Habana, recapitulé algunos de
·s diálogos de aquellas tardes.

Las conversaciones se mezclaban con besos. Llorábamos, com-
·decidos uno del otro y con los ojos enrojecidos nos entregamos
·amor de nuevo. Las confesiones diluyeron mis defensas y creo
·e las de él también. Yo, tan difícil de entregarme por más que lo
·giera, me sentí suya y lo sentí mío y me dejé hacer y él se dejó
·mbién. La fuerza de las caricias lastimaban. Boca arriba, boca
·ajo, acostado sobre mi espalda lo sentí dentro de mí y entré yo
·él con mis manos que recibió gustoso. Expuesta a su mirada

inmensa mi desnudez, la disfrutaba. En abandono total, no puse condiciones a la entrada de su cuerpo en el mío, ni de su alma en la mía. Fuera de mi ser, en orgasmos que parecían durar eternidades, enormes mar pacíficos abrían de un solo golpe enfrente de mis ojos cerrados. No es una metáfora, vi las flores cada vez que me vine y fui feliz.

Era una dulzura jamás saboreada que quería conmigo para siempre, para siempre. Pero aquel encuentro no fue puerta abierta por donde pasar a tiempos felices, fue más bien rendija, regalo de la vida por donde atisbar la felicidad. Y pude verla, la vi. Lejana y fugaz, mas de allí en adelante la busqué, segura de que existía.

Para el domingo por la tarde se me había abierto una ventana adentro y por ella veía muy hondo. Y en el fondo había una niña chiquita de nombre torturado, muy necesitada de compañía, pero compañía de verdad, la que me estaba dando Shriniva, la que me había dado en aquellos dos días. No se lo dije, hasta ahí no llegaron mis confesiones porque suplicar cariño en el presente me dio más vergüenza que desnudar los horrores del pasado.

Al despertar el lunes por la mañana, ya él estaba vestido, haciendo café. Sirvió dos tazas y se sentó junto a mí en la cama. Al terminar puso la suya sobre la mesa de noche, despacio me acarició la cara con las dos manos y mirándome a los ojos muy serio, dijo que se marchaba. Lo esperaba su amante, otro muchacho. Había estado fuera de la ciudad durante el fin de semana, por eso estuvo libre de responsabilidades familiares. Le pregunté si se acostaba a menudo con mujeres, dijo que sólo cuando lo atraían mucho y eso me halagó. Pregunté si regresaría. Dijo que no y me dolió. Si le contaría a su amante. Sí. Si se pondría furioso. Tal vez. Si le contaría lo que hablamos. No. Si le había hecho el cuento de su papá y la sobrina de doce años. Nunca. Las dos últimas respuestas me consolaron un poco. Acarició levemente mi vientre con la yema de los dedos y en un susurro, como quien ya está lejos, afirmó que yo tenía la piel de terciopelo y el yoni más grande que había visto en su vida. Jamás volvió al estudio de modelaje.

Quedé frente a la ventana, sentada en la cama, contemplando la mañana de cristal que se me hacía más fría a cada momento. Al cerrar la puerta tras de sí, me sentí vacía. Tenía temblores, dolor de estómago. Fui al baño con diarreas. Regresé a la cama, me tapé y dormí diez horas. Cuando abrí los ojos estaba oscuro de nuevo. Miré la hora, nueve menos cuarto. ¿Qué estaría haciendo Shrinivas, abrazando a su amante, contándole que se acostó con una muchacha? Se me había olvidado preguntarle el nombre del compañero. Entonces recordé un sueño que tuve aquel día.

Estoy sentada en un cine viendo una película. En la pantalla aparece una mujer desnuda parada en la proa de un barco pirata de madera tallada, muy hermoso. Se tira del barco a una playa de agua verde y transparente. Pienso, como espectadora, que ahora la película la mostrará nadando hacia el fondo y esto me traerá ansiedad, pero al sumergirse el agua es tan hermosa, los rayos del sol brillan dorados bajo la superficie, que no pienso en mi miedo y admiro la escena. Al entrar la mujer en el agua se convierte en niño, como de unos seis años. El muchachito nada hasta el fondo de arena blanca, muy limpia. Todo es claro porque llega la luz del sol, y allí encuentra un pez. Muerto, sólo queda el espinazo y la cabeza completa. El niño se acerca nadando, mete los dedos en la cabeza del pez, saca los ojos y se los come.

Pensé en el sueño sin comprenderlo. Pasé horas repitiéndolo en la imaginación. Tarde ya, me dormí de nuevo y el martes desperté antes de las seis, con la energía renovada. No entendía la razón, pero sabía estaba relacionada con el sueño del día anterior y aquel fondo de agua limpia donde se sumergió la bañista desnuda a comerse los ojos del pez, convertida en niño. No podía interpretarlo a profundidad, pero la lucecita que me brillaba adentro venía de allí.

Me di una ducha y llamé a mi mamá, con quien hablaba a diario. Por suerte había estado fuera de la ciudad durante el fin de semana. Andaba enamorada de un turco, profesor de ciencias sociales en una universidad de Upstate New York.

Salí de aquel *affair* con un ansia de intimidad y una intensidad en la palabra que asustaba y por otro lado, los esfuerzos para controlar mi ansia me agotaban. Las conversaciones me parecían banales hasta el punto de terminar las relaciones antes de llegar a la cama.

Una noche de San Patricio, aniversario del intento de suicidio de mi mamá, entré en un bar del East Village y conocí a un irlandés doce años mayor que yo, veterano de la guerra de Corea.

Aunque no hiciéramos alusión a la fecha, y hubiera ocurrido antes de llegar a este país, todos los años al amanecer el 17 de marzo, en la primera mirada de la mañana mi madre y yo conmemorábamos el trágico recuerdo silenciado hasta el día de Shrinivas. De ahí en adelante, sentí necesidad de hablarlo. Y lo hablaba, casi siempre con las amigas, rara vez con una pareja.

De momento, entre el ruido del juego de fútbol de un televisor instalado en una esquina del bar, las conversaciones simultáneas y la música de la victrola, el veterano, medio borracho, comenzó a relatar sus experiencias de guerra, cuyos horrores describía despacio. Su conversación cayó en mi alma como lluvia en tierra agrietada tras larga sequía. Hipnotizada, sin perder palabra me di dos tragos, y saboreé cada sílaba. Conté lo de mi mamá, por primera vez en mi vida el mismo día del aniversario. Las lágrimas le rodaban por la cara y se sonó la nariz como tres veces al yo terminar. Su llanto fue irresistible y nubló cualquier defecto que yo encontrara después. Le di mi teléfono, continuamos viéndonos, y le subrayé bien claro mi necesidad de diálogo sincero y honesto. Eso fue lo que más me dolió cuando se acabó aquel matrimonio, que yo fui muy clara y él lo aceptó complacido. Fingida complacencia. A los cuatro meses de San Patricio Mark y yo nos casamos. Celebramos la boda el día de la virgen del Carmen, cumpleaños y nombre de mi mamá.

Después del matrimonio, poquito a poco su locuacidad menguó. Con todo, sosteníamos dos o tres charlas prolongadas durante la semana y eso era suficiente para mí en aquel momento. Teníamos vidas muy ocupadas. Lo que comenzó a molestarme en serio no fue la cantidad de conversación, fue la calidad. Observé que hablaba de lo que quería y yo de lo que me permitía, aunque la censura fuera sutil. Llegué a conocer todos sus amores anteriores a mí, hasta los nombres de cada mujer sabía. En cambio, al intentar hablar de mi vida romántica, desviaba el tema o de alguna manera concluía la conversación. Al principio, lo estimé casualidad, pero no fallaba. Así pasaron más de dos años, tanto tiempo porque fue una época de mucho estrés profesional. Empezaba en una editorial, esto me consumía gran cantidad de energía y cuando me casé, pensando que la estabilidad había llegado a mi existencia, decidí consagrar la mayor parte de mis horas libres a escribir, lo que se convirtió en una válvula de escape a mi necesidad de expresión, pero cargaba una insatisfacción constante por la distribución de los tópicos de nuestras charlas.

Un miércoles tres de abril llegué a casa después de las nueve de la noche, cansadísima. Cenamos, Mark abrió una cerveza y yo otra y nos sentamos en el sofá, frente a la ventana de la sala. La luna estaba llena, por eso recuerdo la fecha exacta y hasta el día de la semana. Enorme, brillaba detrás de unas nubes finas que la cruzaban veloces, tan transparentes que ni hechas de muselina. Después supe que aquella noche hubo eclipse. No lo noté, debe haber sido parcial.

El cansancio, la cerveza y la luna llena me dieron ganas de estar cerca de Mark, y para mí la cercanía comienza con la palabra, como ya sabes. El también se puso sentimental y conversador. Al término, con lujo de detalles, de una de sus historias de cama, reímos, y yo por primera vez conté una de las mías. Según avanzaba el cuento, su mirada reflejaba mayor estupor, y sin esperar el final agarró su cerveza, arrancó para el cuarto y lo cerró de un portazo. Atónita, fui tras él y le pregunté qué pasaba. Estaba desvistiéndose. Por respuesta, se encamó sin mirarme y con una almohada se tapó la cabeza.

Acostada en el sofá de la sala y mirando la luna me cuestioné qué intimidad tenía con alguien incapaz de escuchar mi pasado. ¿Cómo podía sentirme cerca de alguien que no sabía lo que había hecho en mi vida, ni por qué lo hice?

Si no podía hablar desde el fondo de mí, el matrimonio se iría a pique, lo sabía, y quería impedirlo. No abrió la boca por tres días, ni para saludarme, y yo esperé. Tan pronto recuperó el don de la palabra, en la primera sobremesa juntos, fui a la carga. No podía ya vivir sin definir la situación. Después de un preámbulo conciliador sobre la necesidad de la comunicación en una pareja, dije dando al tono de mi voz la mayor blandura de que fui capaz:

—¿Qué quiere decir intimidad en tu libro?

El, que bobo no era, obviamente había pensado la respuesta antes de la conversación porque fue muy preciso. En resumen, dijo más o menos:

—Compartir la vida con alguien, el cariño físico, incluyendo el sexo, por supuesto. Disfrutar lo que se tiene en común y aceptar las diferencias. Sobre todo, para mí es muy importante poder ser yo mismo con esa persona, sentir que delante de ella estoy libre de los artificios necesarios de la puerta para afuera, sentarme a ver televisión cuando llego agotado, con la persona al lado. En realidad, lo que más necesito es esa presencia física, muchas veces callada. Hablar es necesario, claro, pero no lo que más valoro aunque parezca tan conversador a primera vista. Es más, a veces hablar crea problemas innecesarios. Por ejemplo el del otro día

No tiene por qué repetirse. No es necesario conocer toda la vida de la pareja. Yo sé que tuviste algunas relaciones antes de la nuestra, pero prefiero no comentarlas. Tu pasado ya pasó. Me importa el presente, que es el que compartimos.

Entonces fui yo la que casi perdió el habla, de la indignación, pero no lo demostré. Aquella explicación, de apariencia sensata y lógica, era una manipulación descomunal. Tragué y hablé despacio. Estaba de acuerdo con muchas de las cosas que había planteado. Para tener intimidad con alguien era absolutamente necesario poder ser quien uno era en realidad, el problema era que a veces, esto implicaba que la otra persona dejara de ser quién era. El contacto físico era fundamental en una relación de pareja, seguro, pero el lazo de la intimidad lo anudaba, en un por ciento muy alto, la palabra.

Y si el pasado no era tan importante para él ¿por qué hablaba del suyo? Me respondió que lo mejor era olvidar esa discusión inútil, continuarla no conduciría a nada. Mejor, de allí en adelante ninguno mencionaría su vida sentimental de antes de conocernos. Nosotros dos éramos lo realmente importante ahora. Muy bien, dije, pero la nuestra era una relación de mutualidad. Así lo aclaré desde el primer momento, y aceptó, por lo tanto, ya que yo conocía toda su vida sentimental porque él se había encargado de contármela cien veces, ahora iba a escuchar la mía, que nunca me había permitido decir completa y después, borrón y cuenta nueva. Las viejas historias quedarían enterradas, y de paso le agradecí la delicadeza al afirmar que sabía que yo había tenido "algunas" experiencias amorosas antes de él. En realidad tuve cientos, dije, y no me avergonzaba de ello.

No puedes imaginar su cara. La ignoré y empecé a contar. A la tercera frase, exactamente a la tercera, se levantó, fue para el cuarto y lo cerró de un portazo. No me tomé el trabajo de seguirlo. Al otro día fui a ver a Iris, una abogada amiga mía, y se acabó.

De momento, sin gran conciencia del proceso, al principio, algo cambió en mí y los hombres me interesaron cada vez menos para el romance. Les veía las costuras desde el comienzo y no estaba dispuesta a soportarles sus vainas. Tomé mi actitud por un sentimiento pasajero, en lo que me recuperaba del divorcio. Gradualmente, las amigas se convirtieron en mi casi único solaz para los ratos buenos y consuelo para las tribulaciones.

Durante un largo desayuno de domingo en que una de ellas me contaba sus penas tras la separación de su compañera, de súbito percibí de distinta manera el esplendor de su boca pintada de rojo. Había notado antes la belleza de aquellos labios, incluso se los había celebrado, pero ahora sentí ganas de besarlos. El sentimiento, más que asombro, me causó gracia y sonreí interiormente. Vaya que una nunca se conoce todos los rincones, pensé.

Ada continuó hablando y yo detallándola. Teníamos muy buena amistad, salíamos juntas con frecuencia, se quedaba en mi apartamento cuando tenía necesidad, en especial después de los altercados con la amante.

Me fue invadiendo un avasallador deseo de cercanía, junto a la impresión de que me estaba coqueteando. Tal vez era mi imaginación o tal vez lo había hecho antes y no presté atención. Comencé a actuar diferente, con menos soltura, con una conciencia de gestos y palabras, nueva frente a ella. La dinámica de nuestra relación cambió allí mismo y para el último café de la mañana ya había cuajado en mi cabeza un pensamiento que consideré iluminador entonces. Si con las mujeres me sentía acompañada, con ellas iba de compras a China Town, al cine, al teatro, compartía recetas de cocina, creyones de labio y confesiones, ¿por qué no añadir la cama y resolvía el problema completo? Mujer con mujer, sin preocupación de embarazo, imaginé una relación libre de inhibiciones, disfrute total, intimidad absoluta, fiesta perpetua.

Lo interesante es que yo conocía a Ada hacía bastante tiempo y sospechaba ciertos problemas de su personalidad, pero no indagué ni me importaron. Pasaron a ser una especie de telón de fondo de mi percepción mientras en primer plano refulgía su boca, los paseos juntas, nuestras conversaciones. La besé, estirándome por sobre la mesa chiquita de la cocina.

Fue mi primera amante. Además de la lindura de la boca, tenía unos ojos preciosos, algo protuberantes, característica que años más tarde descubrió era producto de un mal funcionamiento de la tiroide. Se tomaba la temperatura tres veces al día e iba al médico para análisis de sangre cada quince días, aunque cuantos vio insistieran en que estaba sana.

Lo peor fue descubrir que pueden existir tremendas inhibiciones en la cama sin temer a un embarazo. A Ada le venían del colegio de monjas, según ella. Jamás pudo recuperarse de prohibiciones internalizadas, la más ridícula de todas, en mi opinión, no usar zapatos de charol porque si un muchacho fijaba los ojos en ellos, en el brillo vería reflejados los panties que ella usaba. A mí, viniendo de la crianza que venía, me parecía increíble hasta qué punto había sido afectada su conducta íntima por la religión. Fue un descubrimiento, entrar a un mundo de complicadísima dinámica desconocida. El amor era un acto de diversión aguada por ella misma, en el cual más que hacer esperaba que le hicieran, y del que salía alienada y confusa. Perpleja, la observaba levantarse de la cama de inmediato, bañarse y regresar a mi lado con el pelo y la piel inmaculados, pero lejana, silente e irritable. Cualquier referencia a lo que había sucedido minutos antes era tabú. De eso no se hablaba.

Lograr que hablara no fue fácil. Despersonalizada quedaba tras cada una de aquellas sesiones de amor, en cuya frecuencia yo insistía y ella aceptaba a largos intervalos, dijo al fin. Culpable por estar con una mujer, a pesar de sentirse atraída por ellas desde adolescente y jamás haber tenido relaciones con hombres, murmuró cuando a duras penas salieron con razones de la boca.

Y a todas éstas, no te he dicho que Ada era sicóloga de profesión.

Entendí y acepté sus razones, qué remedio, pero la situación real no mejoró. A las malas aprendí que no todas las mujeres son capaces de la intimidad de palabra y obra de que yo las suponía dotadas en su totalidad, partiendo de mi experiencia con las amigas. Tampoco le gustaba recibir visitas frecuentes y a mí me encanta. Padecía de ataques de pánico y el gentío de Nueva York la asustaba como una gran ola dispuesta a tragársela, decía. A mis preguntas de cómo era posible si sentía así, la frecuencia con que me visitó por años y las constantes salidas a cines y teatros, respondió que siempre nos veíamos a solas. Rechazaba con regularidad mis invitaciones para compartir en grupo. Era verdad, y reflexioné que a mí los encuentros con ella me llenaban una necesidad porque pasaba mucho tiempo en otras actividades rodeada de gente, y hasta me halagaba su interés por compartir en privado. Entonces, la situación era agradable para ambas, ahora un problema para las dos.

Comenzó a celarme, con mayor ahínco según iban pasando los días. Terminé cuando un sábado fui a estudiar a casa de una compañera de la universidad, yo estaba terminando el Master, y al regresar exhausta a las once de la noche, abrió la puerta, la cerró a patadas tras de mí y me persiguió por el apartamento con el cuchillo más grande de la cocina, un Sabatier inoxidable que yo había comprado hacía años con gran esfuerzo, cuando vivía en la calle Mott, porque no resisto cocinar con cuchillos que no corten. La locura era tan grande que no le importaba que mi amiga estuviera enamorada del marido, como lo estaba.

A pesar de todo, estuve con ella seis años y le aguanté mucho más que a cualquier hombre. Con las mujeres todo se volvió aún más enredado. Ada me hacía la vida imposible, no tuve con ella casi nada de lo que buscaba al comenzar la relación, pero encontré algo que no entró en mis planes. Lloraba todas las noches sobre mi pecho y me ató a ella una cadena invisible de hábito antiguo de consolar llantos. En su dolor reconocía y peor, sufría el mío. Así, dejaba de sentir mi propio pesar, causado por ella, para identificarme con el suyo. Al final, era el dolor de mi madre, el que nunca pude consolar y que ahora, permitida la caricia sin límites, hallaba oportunidad de hacerlo, posibilidad de darle placer y ponerla contenta, a pesar de los obstáculos que era necesario sortear para llegar a aquel punto.

Las relaciones románticas con mujeres me lanzaron a un mar de conflictos emocionales pavorosos, pero mujer yo misma, estaba familiarizada con esta navegación y el patrón era cómodo. Sentía a Ada tan apabullada que me dejé apabullar por ella de lo lindo.

Al terminar, jugué con la idea de regresar a los hombres. No pude. Las razones por las cuales me sentía atraída por las mujeres ahora eran ajenas a aquellas por las que comencé a buscarlas. Ya estaba convencida de la dificultad de estas relaciones, pero había cogido el gusto a la suavidad de sus pieles sin vellos, a los pechos brotados y tibios, a las humedades mutuas, al placer ofrecido por tantos entrantes tiernos. Todo esto, unido al recuerdo de bellísimas frases de ternura que algunas me dijeron, a veces en los momentos menos esperados, me hizo seguir buscándolas.

Al regresar a buscar algunas cosas al apartamento en que viví con Ada, de donde no llevé casi nada, me pidió que regresara. Contesté que ninguna de las dos era feliz con la situación, mejor terminarla y respondió:

— Es verdad, pero desde que tú te fuiste esto no es una casa. Es un hueco lleno de cosas.

Frase con más fuerza, ni a la mejor escritora se le hubiera ocurrido.

Terminé de recoger tan rápido como pude y a duras penas logré llegar a la calle antes de desmelenarme llorando. Sé que no recuerda aquella frase que yo jamás he olvidado.

Otra, con la que tuve unas peleas de espanto, imagínate que era Leo y yo soy Escorpio, y a quien solía decir en las discusiones que su rabia no era en contra mía sino de ella misma, me escribió una postal de cumpleaños, en medio de una separación, en la que puso algo tan lindo que no la he quitado jamás de la puerta de la nevera, cerrada con scotch tape para que nadie la lea:

"Es verdad que tengo mucha rabia adentro, pero yo te aseguro que cuando esto pase y todo se serene, siempre tendrás un espacio en el lugar pequeño, pero seguro de mi corazón, adonde no llega la rabia."

Esta relación es una de las que recuerdo con mayor tristeza porque finalizado el romance, aún en contra de su voluntad y de la mía, nunca el rencor pasó por completo. Un mal vivir que continuó y aún hoy en día, si nos vemos por mucho rato, como cuando salimos a comer, terminamos discutiendo, decidimos que no va repetirse, y de momento, hablamos por teléfono y salimos a comer de nuevo. Escorpio y Leo, los dos signos más coléricos del zodíaco, imagínate.

Otra de las mujeres con que viví, una noche, sin levantar la cabeza del fregadero frente al cual preparaba una ensalada, delante de la ventana de la cocina, lanzó las hojas de lechuga para la calle, una a una, arrancándolas del tronco con saña, sin importarle a quien le caían encima, y después la emprendió con los tomates, aún sin cortar. Los tiró como pelotas. Y cuando la conocí parecía la persona más sensata del universo, un doctorado en química, muy respetada en su profesión.

Llegué del trabajo, le di un beso, preguntó cómo había pasado el día, le conté que había encontrado al mediodía, por casualidad, a una de mis ex, de quien era buena amiga, y almorzamos juntas. Eso fue todo. Comí sin ensalada, pero comí porque ya estaba cansada de jodiendas de gratis, y al otro día me mudé, sin darle tiempo a metérseme en la sangre. Tres meses estuve con ella.

He estado con mujeres que afirmaban necesitar más de una relación a la vez porque una sola no les satisfacía sus necesidades. Igualito a los hombres, igualito. Las tuve tan controladoras como Mark, igualitas.

Y así continué, aceptando los tumbos de la nave en que me había embarcado y tratando de mantenerla a flote, hasta llegar a una relación que consideré definitiva. Puse en ella más ilusiones, le encontré mayores posibilidades de duración feliz.

Nos mudamos queriéndonos mucho a un apartamento luminoso y viejo en Brooklyn, con casi más ventanas que paredes, desde cuya cocina se veía el sol ponerse y desde la sala el World Trade Center. Pulimos el piso viejo, que quedó como nuevo y pintamos la cocina gris, de blanco. Lo llenamos de cortinas de encaje, en parte para ocultar los marcos carcomidos y donde único no pudimos disimular el deterioro fue en los techos, por más pintura que les dimos. Para mí no era nuevo este trabajo. De eso no he hablado porque no viene al caso, pero mis mudadas son otro manantial de cuentos. El patrón por muchos años fue, por falta de dinero y amor a vivir en una casa acogedora, conseguir un apartamento medio dilapidado y dedicarme largos meses a arreglarlo, hasta hacerlo agradable. El de Brooklyn con Betina fue el último de esta serie. Después la situación mejoró, el trabajo empezó a dar provecho y compré uno en Manhattan en buenas condiciones desde el principio, aunque por supuesto, le hice una serie de cambios para ponerlo a mi gusto.

Ahí me quedé, es muy cómodo, pero aún hoy cuando de noche camino las calles de esta ciudad y desde la acera veo, a través de las rejas de una escalera de incendio, una ventana encajada en una pared de ladrillos cubierta de hollín, y tras los cristales diviso una cortina que deja pasar la luz mortecina de un bombillo de pocas bujías, ese cuadro me envuelve en un ensueño que dura un minuto o dos, el tiempo que mis ojos cruzan la ventana, y siento, porque no es pensamiento, es sentimiento, que ese sitiecito es compartido por dos personas que lo consideran su hogar, y que todo lo que hay allí pertenece a las dos, no a una o a otra, y se esperan para comer y disfrutan juntas los fines de semana. Es decir, juegan a las casitas. Todavía siento eso ante un apartamento viejo.

Betina y yo nos parecíamos mucho y ninguna de las dos quería que terminara, pero terminó. Esta frase, casi exacta, la escribí en el cuento en que quedó plasmada esa historia. Al final fue capítulo de una novela. Es el titulado "Entre un tango y un danzón", que tú conoces. Le di ese título para poner un poco de humor y liberar de la ridiculez el melodrama que describo allí.

A pesar de querernos tanto, los malentendidos cavaron una zanja tan honda que una noche, encontrándose ella fuera de la ciudad en un viaje de negocios, ya acostada yo, leía *El amor en los tiempos del cólera*, y fascinada con uno de los párrafos finales del libro, sentí deseos irrefrenables de leérselo, pero Betina no estaba allí, y extrañé su presencia con fiereza. Al instante, una voz dijo desde mi interior: "Si ella estuviera aquí, tampoco tendrías a quién leérselo, porque no le interesaría escucharlo". Sentí algo desgajarse en el mismo medio del pecho. Respiré hondo, releí el párrafo en voz alta y lo escuché yo. Así de precaria había devenido nuestra situación.

Al separarnos, agotada por tratar de salvar relaciones insalvables, sin buscarlo ni esperarlo llegó el desengaño de las actrices de las películas de mi adolescencia y conocí el desgano por el amor. Por suerte estaba sola. Ausente el esposo rico que siempre acompañaba la desilusión de mis viejas heroínas, no tuve necesidad de complacer a nadie con fingimientos y de repente reinó en mí una paz desconocida hasta entonces.

Verdadera paz, y entendí en el corazón, donde se entienden las cosas importantes, que aquel desasosiego y vacío cuando no estaba con alguien, aquella necesidad de estar enamorada, en paz o en guerra, pero nunca sola, no era soledad de otro ni de otra, era soledad de mí, de mi centro, del que me había desenganchado muy temprano para poner en su lugar el dolor de mi madre. Junta conmigo misma finalmente, tuve lo más cercano a la felicidad que había conocido. Escribí más que antes, me dediqué al yoga, a meditar, a ir a un ashram los fines de semana, a leer sin descanso sobre iluminados y cómo se iluminaron. Salí en busca de mi crecimiento espiritual con la misma dedicación con que busqué todo lo anterior en la vida.

Y pasaron siete años. Siete. Vivía sosegada, considerándome dichosa de albergar un pasado que era surtidor casi inagotable de cuentos, cuando la conocí. Fue una tarde en un comercio antiguo en el que venden libros nuevos y de uso, en Saint Mark entre las avenidas Primera y A. Era casi Navidad. Las tiendas grandes atestadas, yo había entrado atraída por una edición especial en la vidriera, cuya portada victoriana sugería el regalo ideal para mi mamá. Oí preguntar al vendedor, con acento hispano, por un libro de Djuna Barnes que yo sabía no tenían, porque había preguntado por él recientemente y comprado en otra librería. Al mirarla, un pensamiento de esos que pasan por la cabeza veloces, más bien percepción, me dijo que era cubana, por la manera de fijar los ojos sin recato, creo. Le dije en español que en Strand probablemente lo conseguiría y a buen precio. No sabía dónde quedaba, no vivía aquí. Yo iba para allá en busca de unos libros para regalar y me ofrecí a llevarla. Preguntó si era lejos. Sólo unas pocas cuadras, afirmé. Camino de la librería supe que ésta era su primera salida sola por la ciudad y noté que cojeaba del lado izquierdo, no mucho.

Había llegado a Estados Unidos hacía una semana, pero a

Nueva York aquel mismo día por la mañana. Antes estuvo en Colorado, donde vivía su papá desde 1980. La razón del viaje era una invitación para leer un cuento suyo en una conferencia de Literatura que comenzaría en dos días aquí. Dichosa que era, dijo. Nunca soñó con una invitación como ésta, sin ni siquiera haber terminado su licenciatura. Cosas de la vida, una profesora de la universidad donde se celebraría la conferencia había estado el verano anterior en La Habana, haciendo una investigación sobre las escritoras cubanas de la década del veinte, la conoció justo dos días antes de regresar a Estados Unidos, un viernes por la noche y se iba el domingo. Le enseñó algunos de sus cuentos y nunca pensó que los recordaría, ni una copia pudo darle, por la prisa de la señora y la dificultad para encontrar rápido una fotocopiadora en La Habana durante el fin de semana. La vida es así. A pesar de todo, aquí estaba, gracias a una desconocida y a la ayuda de su papá. No lo veía desde que salió de Cuba, pero al enterarse de la posibilidad de que ella viniera, ofreció el pasaje porque la universidad de aquí no tenía dinero, aunque sí arreglaron el hospedaje. Le pareció un milagro la oferta del padre. Si sólo la llamaba dos o tres veces al año y nunca ayudó con su crianza.

Por eso paró en Denver, para estar con él unos días. Una visita matizada por excesiva amabilidad de ambas partes y la voluntad mutua de no tocar temas conflictivos. Como no servía para esta clase de relaciones, criada con una espontaneidad excesiva para algunos, pasó la estadía revuelta por adentro y mordiéndose la lengua para no hacer preguntas "indiscretas", según las indicaciones de su madre. No siempre la obedecía tan al pie de la letra, pero no quería llegar a Nueva York más disgustada aún, y por el estilo de vida que vislumbró el padre llevaba ahora, sospechó que si preguntaba la certeza podría lastimarla más que la duda.

Partió de Colorado con un sentimiento de vacío desconocido

al llegar de Cuba. Venía con sus recuerdos del hogar compartido con él, ratos malos por ver a su madre sufrir, pero otros muy buenos. Sobre todo, nunca la abandonó la ilusión de recuperar la intimidad. Roto ese sueño, ahora debía repensar, cuando regresara, cómo establecer una relación basada en términos reales. Más tarde, lo haría más tarde. Este sería un viaje corto, y se proponía aprovecharlo al máximo. Debía regresar en una semana. Fue la condición impuesta por el Rector de la Universidad para darle el permiso de salida. Terminar el evento y volver a clases.

Caminó con paso lento el trayecto hasta Strand, sin dejar de contar. Cojeaba más de lo que yo había percibido en el primer momento. La escuché complacida, era buena conversadora. Poseía ese gusto por la cháchara, el regodeo en los detalles, que a veces la gente pierde cuando lleva mucho tiempo en este país. Yo también asistiría a aquella conferencia, dije. Conocía a la profesora de su historia, buena persona, la había visto hacía poco y me comentó que estando en La Habana en el verano, una muchacha muy joven le dio a leer unos cuentos excelentes. Estaríamos juntas, qué chiquito era el mundo. Al decirle mi nombre afirmó haber leído dos de mis libros y me miró sonreída, con expresión de entendimiento.

Ya en la librería, tomó de una mesa una biografía de Djuna Barnes recién publicada, la examinó por varios minutos y la devolvió a su espacio. Le pregunté si no la llevaría. Demasiado cara. Desconocía que Djuna Barnes fuera popular en Cuba, afirmé. En realidad no, para la mayoría de la gente. Para un grupo de escritores, todos gente joven, entre los cuales se contaba, sí. Para ella en especial, era tremendamente importante, al leerla comprendió que podría escribir, tan identificada se sintió con su estilo. Entonces insistí en regalárselo y ante su negativa, le dije que lo aceptara como recuerdo del día que llegó a Nueva York. Contestó que lo aceptaría como recuerdo del día que nos conocimos, lo agradeció mirándome de la misma forma que me hizo identificarla como cubana, y preguntó si podríamos sentarnos en algún lugar a tomar una cerveza y conversar tranquilas, aunque fuera por media hora. Creo que ahí mismo me enamoré de ella. Las pocas cuadras caminadas hicieron la inclinación al pisar más marcada. Fuimos a un diner muy cerca de Strand, en la misma Broadway, al cruzar la calle 12 hacia el sur.

Pidió una cerveza y yo un chocolate caliente, que allí lo hacen con leche, como me gusta, porque donde lo hacen con agua no lo tomo, pero allí lo hacen con leche. En dos cervezas me contó la historia de su vida, bastante complicada para tan joven.

Vivía sola con su madre desde los diez años, fecha de la partida definitiva del padre, porque idas y regresos fueron el pan cotidiano durante todos los años de matrimonio. Pero cuando ella se cansó de verdad y él se vio con la ropa en la calle, teniendo que ir a vivir con una hermana, el marido y mis tres primos, súper malcriados, agarró un bote y se fue durante la rebambaramba del Mariel.

—Mujeriego a más no poder desde el principio. Lo que hizo sufrir a mi madre, la pobre. En las peleas él la acusaba de batallosa porque no se hacía la boba, y por su parte ella dice siempre que tiene una limitación muy grande para satisfacer un marido cubano: no aguanta tarros. Aunque él pretextaba todas la guardias y trabajos voluntarios imaginables, lo que se formaba en la casa era mucho. Así pasé los primeros años y a eso debo el nombre. Quedó embarazada por error, pero después se embulló con el embarazo. Mi presencia al nacer fue tan grande alivio a sus noches de soledad, que su niña, solía decir cuando le preguntaban cómo era posible que se hubiera decidido a tener un hijo en aquel matrimonio desastroso, le había caído del cielo como lluvia fina sobre su corazón ardiente. Ridiculísimo, pero mi madre es así. Figúrate que su música favorita, aún hoy en día son los tangos y las canciones españolas antiguas. Yo no sé si tú te acuerdas de quién es Conchita Piquer. Del tiempo de mi abuela, pero yo me crié oyendo esos discos. En uno de ellos hay una canción que dice: "Rocío, ay mi Rocío, manojito de claveles, capullito florecío". Sacó el nombre de ahí y me lo puso, a despecho de las críticas. Todavía dice, con gran orgullo, que en un momento en que la mayoría de los padres en Cuba inventaban nombres para los hijos, a veces impronunciables, ella escogió para mí uno español y tradicionalísimo. Con una madre tan melodramática, yo debí haber sido actriz. Lo intenté, comencé a estudiarlo y me iba bastante bien, pero empecé a padecer de artritis reumática y se acabó la actuación. Desde entonces, hace ya cuatro años, decidí hacerme escritora. Donde más me ataca es en las piernas, sobre todo el tobillo izquierdo, pero también en las muñecas molesta bastante. Mira como tengo la derecha de inflamada, dijo subiéndose la manga del sweater para mostrármela. Era verdad. Lo peor es que dicen los médicos que si no aparece una cura efectiva, en veinte años voy a estar inválida. Vivo a base de calmantes.

Habló de su enfermedad en el mismo tono que narraba la historia de los padres, se llevó el vaso de cerveza a la boca y continuó.

—Por suerte mi mamá y yo nos entendemos. Después que mi papá se fue ha tenido varios compañeros, ha salido con muchos hombres, pero jamás los ha traído a vivir a casa. Dice que estamos muy estrechas para meter a nadie allí, y total, las relaciones nunca duran. Respeta mi vida, aunque cuando crecí y empecé a tomar mis propias decisiones me encontraba un poco excéntrica. Todo porque el primer muchacho de quien me enamoré en serio era mulato, bastante oscuro. Un amago de intransigencia absurdo de su parte, cuando ella misma tiene de negro, por la abuela paterna y lo sabe. Casi no se nota, pero bastantes indirectas que sufrió de jovencita, según sus propios cuentos. Lo bueno es la confianza que tenemos. Hablamos y recapacitó al momento. Y que yo estuviera con ese muchacho, fue lo mejor. Sin saberlo, allanó el camino a lo que vino después y cuando se dio cuenta de mi interés en una amiga, no la sorprendió tanto. A veces salgo con mujeres, no siempre. Para mí nunca ha sido malo, al contrario, lo considero lindo y bueno. Dos cuentos que tengo sobre este tema fueron los que más gustaron a la profesora amiga tuya. Voy a leer uno.

Esta historia, completa, la contó Rocío de un tirón. Como puedes imaginarte, conociendo tú mi vida, quedé atónita con las similitudes. Hasta el nombre tuvo el mismo origen, aunque su madre hubiera tomado el aspecto del consuelo para ponérselo y la mía el del sufrimiento. Era casi verme repetida, reencarnada en vida aún. Le hice el cuento de por qué me llamo Martirio, reímos y su cercanía me hizo feliz de una forma que había olvidado existía.

Las mesas, las sillas, los parroquianos, hasta las luces comenzaron a borrarse. Y mientras seguía su historia yo pensaba que al día siguiente le compraría una bufanda bien linda en Little Treasures, la tienda de la Segunda Avenida y la calle 8. La más linda. Y con esta cabrona manía de convertirlo todo en literatura, empecé a cuestionarme cómo explicaría lo que sentía cuando lo escribiera. Ya ni oía el cuento, aunque afirmaba con la cabeza cada tres o cuatro oraciones, para dar la impresión de oyente atenta. Era un sentimiento lacerante, casi dolía. Algo así debe haber sido el "dolor sabroso" de Santa Teresa.

Me dio miedo. Nunca me había pasado antes, y mira que me he metido en líos gordos, pero ahora no los quería. Estaba terminando un libro y cada vez que empezaba un enredo de ese estilo en el pasado, interrumpía el libro por un tiempo. Ahora sería diferente, tenía ya años de yoga, de práctica espiritual, vivía en armonía conmigo.

Pedí la cuenta, le di mi tarjeta, anoté su número de teléfono. La acompañaría en un taxi hasta el edificio donde se quedaba en el West Village, regresaría al mío en el lado este, y la llamaría al día siguiente para reunirnos. Poniéndose el abrigo me dijo que en realidad ella podía quedarse en cualquier otra parte, sólo tenía que llamar a la casa para decirlo.

—Creo que vas a sentirte cómoda allí, conozco el sitio. Ya desempacaste, tienes tus cosas acomodadas, y en realidad es muy cerca de ese apartamento al mío.— Yo hablaba como si no hubiera caído en cuenta de la insinuación.

—¿Qué edad tú tienes, Rocío?— pregunté con tono firme para poner las cartas sobre la mesa y, sancionada por la palabra la diferencia de edades, tan obvia que no necesitaba aclararse, le sacara de la cabeza cualquier idea desventurada y exorcizara mis deseos.

—Veinticuatro — respondió.

—Yo, cincuenta y cuatro, exactamente treinta más que tú. Pudieras ser mi hija, *descansadamente*,— respondí acudiendo a un adverbio que no usaba hacía, tal vez, los mismos años que le llevaba.

—Pero no lo soy — dijo mirándome con su mirada fija.

Durante su estancia, nos separamos sólo para dormir. Con pierna mala y todo, caminamos mucho. Traté de enseñarle lo más lindo de la ciudad, el vestíbulo del edificio Chrysler, la vista del Empire State, desde la calle Mott en el atardecer. Las vidrieras de las tiendas adornadas para Navidad, Broadway por la noche en la zona de los teatros. Hasta la llevé a ver un show allí, que no me gustan tanto, con lo caros que son. Le enseñé lo más interesante: las farmacias de China Town, los cuchifritos del Barrio, el Lower East Side. Lo más triste lo vio sin esfuerzo de mi parte.

Nunca estuve sola con ella. No fue difícil, asistimos a la conferencia tres días de los seis que permaneció en la ciudad. Sólo la llevé a mi apartamento cuando alguien más vino. No quería líos, no los quería, era mi mantra. No pude dormir en toda la semana, obsesionada con la niña, pero ni sugerí que tratara de quedarse para Navidad, aunque lo pensaba cada vez que nos mirábamos

El día siguiente de haber finalizado la conferencia, dos antes de marcharse, fue soleado, uno de esos no inusuales en invierno, de brillo extraordinario, pero en esta ocasión, por caprichos del clima o efectos del global warming, fue muy cálido para diciembre. Como a la una de la tarde tomábamos café en mi apartamento María Luisa, la amiga de la universidad, Rocío y yo, dando tiempo a que fuera la hora de ir para el aeropuerto. De la tendedera instalada por mi vecina puertorriqueña en la escalera de incendios del quinto piso del edificio de enfrente, colgaba su ropa recién lavada. De repente abrió la ventana y tuvo lugar una escena que no por frecuente para mí, dejaba de conmoverme. Con su costurero en una mano y algo para coser en la otra, en busca del sol se instaló en la ventana, las piernas sobre el descanso de la escalera y allí, arropada y con bufanda, cosió por más de media hora. Rocío siguió con esmero, sin comentarios, la actuación de la mujer, hasta que concluyó su dobladillo, recogió las piernas y regresó al interior. Terminamos el café y salimos.

La llevé al aeropuerto y después de chequear el equipaje le pregunté qué le había gustado más de la ciudad.

—Esa mujer puertorriqueña vecina tuya, cosiendo al frío en busca del sol. Voy a usarlo en un cuento.

Fue la vez, de todas, que más tuve que contenerme para no darle un beso en la boca. ¿Por qué esta mujer no había nacido veinte años antes, al menos quince? La despedí con un abrazo apretado, diciéndole que la vería en Cuba el próximo verano.

—No me olvides— dijo— ya me han olvidado demasiadas veces.

La vida no volvió a ser la misma, pero me sentí orgullosa de mi madurez. Seguí meditando, yendo al ashram, haciendo yoga, pero perdí la calma absoluta de los años anteriores.

No escribió en cinco meses ni yo tampoco. Sabía cómo estaba por terceras personas. En mayo, se suponía que yo fuera a Cuba en julio, alguien me trajo una cartica de ella y una curiosa pieza de artesanía en una bolsita de tela color violeta. Terminaba la carta diciendo: "Cuando vengas, si tú lo deseas, podríamos vernos. Tú sabes donde vivo. Un beso. Rocío".

El trabajo se me complicó a principios del verano, aún así llegué a La Habana en julio, un viernes por la tarde. Gladys, la amiga con quien me quedo siempre, esperaba en el aeropuerto. De Rancho Boyeros a su casa en Centro Habana hablamos con el desenfreno que lo hacemos siempre que nos vemos. Yo miraba por la ventanilla del carro y comenzó a pasarme lo de siempre cuando llegó allá. Miro el cielo, qué increíble me parece, cielo cubano, y oigo los gorriones, my God, gorriones cubanos y toda la yerba que uno ve es yerba cubana. Una locura, pero me pasa siempre y estoy acostumbrada. Ahora, en esta ocasión esos sentimientos de patria recuperada despertaron otro, una turbulenta necesidad de piel cercana para enredarla en pasiones aprendidas antaño en camas que pisaban aquel suelo. Y me entró un anhelo fiero de tener junto a mí la piel trigueña lavada de Rocío y su piernita lenta sobre la mía.

De momento, tuve un satori. Tanto ashram, tanto yoga y tanta meditación, ¿iban a servir para negarme a vivir? El crecimiento espiritual debe dar vida, no quitarla, ayudar a encontrarnos, no a escondernos. ¿Qué sabiduría hay en dejar de hacer todo lo que se hizo, cuando mucho de bueno hubo en ello, por evitar lo malo que tuvo? Botar el bebé junto con el agua sucia de la bañadera, como dicen los americanos. La sabiduría está en seguir tratando, hacerlo mejor cada vez. Y en un momento tan serio, ¿Adivina de quién escuché la voz dentro de mí? Pedrito Rico nada menos, cantando: "Recapacita, mujer". Y entonces vino el pensamiento definitivo.

Cuanto ser humano haya nacido, recapacité, durante el período de mi vida reproductiva, pudiera ser hijo o hija mía, pero yo ni parí ni crie a toda esa gente.

Al llegar a casa de Gladys llamé a la vecina de Rocío, en su casa no hay teléfono. Podíamos vernos al día siguiente, dijo. Mejor en su casa. Su mamá estaba en viaje de trabajo para Santa Clara. Estaríamos tranquilas allí.

Me quedé dormida tarde, desperté cerca de las diez de la mañana. La cháchara con la mamá de Gladys me demoró y cuando llegué a casa de Rocío eran casi las dos de la tarde. Subí una escalera estrecha cuyo pasamanos, desprendido hacía tiempo, nunca fue repuesto y pensé lo difícil que sería esta subida y bajada con artritis.

Rocío abrió. Era un apartamento pequeño en el Malecón cuyas paredes pedían pintura a gritos. Los pocos muebles, los escasos utensilios de cocina, las desgastadas sábanas, revelaban largo tiempo sin renovación. Al cerrarse la puerta tras de mí, sentí haber entrado en una tarde de sábado viejo, una de aquellas en que días, meses y colores permanecían afuera para dejar espacio absoluto a la voluptuosidad del lenguaje. Pero en este cuarto había una ventana frente al mar y por ella entraba un chorro de luz que nunca hubo en los de hacía cuarenta años y mi corazón estaba colmado y mi lengua llena de palabras que había perdido el miedo a pronunciar.

Rocío se acercó despacio sin parpadear y nos besamos.

—Le conté a mi mamá que estaba enamorada de ti y necesitaba el apartamento por el fin de semana. Después podemos alquilar un cuarto en casa de un amigo mío.

—¿Y qué dijo?

—Que haga lo que quiera si me hace feliz. Bastante tengo ya con la artritis, según ella. Te digo que nos llevamos muy bien. Salió y buscó quien la llevara a ver a su hermana a Santa Clara.

—Te traje dos cosas que dicen funcionan de verdad para la artritis, *sea cucumber* y *glucosamine*. Incluso, el *sea cucumber* lo anuncian en Australia como posible cura, aunque en los Estados Unidos no permiten que la compañía que lo fabrica diga esto públicamente. Y el *glucosamine* dicen que es capaz de regenerar los cartílagos.

—Después — dijo— y se quitó la bata de casa de satín rosa pálido que yo le había regalado en Nueva York. Al caer en la cama, el brillo de la tela hizo resaltar la pobreza de las raídas sábanas sobre las que íbamos a amarnos.

Impúdica y lozana, sentí que la quería mucho. Le ofrecí desde el primer abrazo lo mejor, las palabras del dueño de la finca de Camagüey, las posiciones de Shrinivas, la pasión de Betina.

Sentadas una encima de la otra, frente a frente, coloqué una mano en cada muslo suyo y los fui separando mientras le decía en voz baja y despacio:

—Ábrete, rica, enséñale a tu mami todo lo que tienes guardadito entre las piernas y que tú sabes es mío aunque te resistas. Déjame ver esa florecita que voy a comerme poquito a poco.

Abrió las piernas siguiendo el juego, dócil, húmeda y dejó entrar mis manos mirándome a los ojos. Entonces susurró:

—Mírame bien, mi reina, estoy como tú me querías, para ti solita, para que me goces. Ahora tú me vas a dar a mí lo mismo. Deja los dedos donde los tienes y abre las piernas tú, déjame verte yo a ti ahora, fíjate lo buena que soy yo contigo, vas a ser tú igual conmigo, dámelo mami, como yo te lo estoy dando a ti.

No podía creerlo. Fue tanta la sorpresa que casi interrumpo la sesión para decirle que era la primera vez que encontraba a alguien que sabía todas las líneas del guión.

Continuamos improvisando hasta terminar, exhaustas, en aquel cuarto despintado, inundado del sol del Malecón, el diálogo perfecto que yo había vislumbrado hacía cuarenta años pero del cual no había tenido certeza hasta hoy.

Aquella tarde fue hace tres años. Y en eso estamos.

# El quinto río

Qué bonito apartamento, me recuerda el mío. Las cortinas de encaje y esa lámpara Tiffany. Yo tengo una que adoro. La compré hace tres años en una tienda en Bowery como regalo a mí misma por el día de mi cumpleaños. Costó cara. En otra época yo no hacía esas cosas, pero ahora sí.

*Green tea* está bien, no tomo café de noche. Gracias.

Usted no sabe cuánto le agradezco que haya aceptado hablar conmigo, a pesar de su falta de interés en añadir historias a esta próxima edición del libro. Debe estar contentísima con el éxito. Cuando Iris me dijo que planeaba revisarlo, de inmediato se me ocurrió pedirle una entrevista. Como sé que hablan a cada rato le supliqué que se lo dijera. Entiendo perfectamente que no quiera incluir cuentos nuevos, cada vez que sale una nueva edición tiene uno o dos más. Tengo la colección completa y pienso que mi historia aportará algo diferente. El hilo conductor de *Las historias prohibidas*, en el aspecto temático, es la capacidad del ser humano para actuar en un momento determinado de una forma que nunca pensó hacerlo, las sorpresas que una se da a sí misma. Y ante estas situaciones siempre me pregunto, quién es esa *una* y quién esa *sí misma* y cuál es el camino que conduce a la mayor armonía posible, dentro de las posibilidades humanas, entre las dos. Quiero decir ¿qué tiene que hacer alguien, que presume de feliz, para evitar esa visión apocalíptica que la agobia cada noche por breves segundos, antes de quedar dormida? Tengo una amiga a quien le sucede.

De todas formas, antes de comenzar quiero repetir mi agradecimiento a Iris. Una española vecina mía decía que es de bien nacida ser agradecida, y como ésa es una de las cualidades que en más alta estima tengo, con Iris mi deuda es eterna. El haberla convencido a usted de que mi problema cautivaría a los lectores, sin saber si va a ser verdad, se añade a los favores que me ha hecho, aparte del inconmensurable de haber evitado que mi marido me quitara mi hija. En aquel entonces vivíamos en el mismo edificio, del que estuve afuera por años y al cual he regresado. Es mi destino.

De usted sé hace mucho, pero quería conocerla desde el cambio que dio Elena, la secretaria de Iris, después de hablarle. No podía creer cuando se embulló para tomar uno de mis talleres. La había invitado tantas veces a participar de gratis y había rehusado. Yo sabía que algo la mortificaba adentro, a pesar de que nadie se daba cuenta, ni Iris, a quien le comenté en varias ocasiones y decía que yo estaba viendo visiones. En el taller contó gran parte de su vida, y el cuentecito se las trae, sobre todo cuando me lo amplió más tarde, en privado, con detalles que por suerte omitió frente a las otras mujeres. Ahora anda enamorada de nuevo y dice que le va de lo más bien. Increíble. Los talleres míos funcionan, pero jamás vi un resultado así. O tal vez ella estaba *ready* para el cambio y lo hubiera dado igual sola. Quién sabe.

Lo que nunca pensé es que querría verla para contarle un suceso de mi propia vida, porque aparte del aspecto intelectual, vine a contarle mi historia prohibida. Como lo oye, mi historia prohibida. Si me lo hubieran dicho hace un año, habría reído. Yo, predicadora a sueldo de mi existencia desdoblada. Como sabe, me gano la vida organizando talleres de concientización para mujeres, pero mi labor se centra en capacitarlas para hablar sin vergüenza de sí mismas, enseñarlas a sentir orgullo de quiénes son y de las decisiones que han tomado en sus vidas. Trabajo con toda clase de mujeres, me llegan ofertas de la nación completa y de otros países, pero mi especialidad son las latinas. Con ellas me siento totalmente cómoda, conozco lo que ocultan por vergüenza, por miedo al rechazo o hasta por considerarlo de poco interés para los demás. Trato de pulir aquellas facetas de su ser donde sobresalen las aristas más ásperas, las zonas de nuestra vida que por lo general, al hablar de ellas, no revelamos como son, los recuerdos oscuros que por vergüenza clareamos al contar.

A veces conduzco talleres en una sola área. Concientización racial, por ejemplo. Con ésos tengo mucho éxito. Es un taller de sólo seis horas, pero al concluir, las participantes son conscientes de que la mezcla de europeo y africana o viceversa, no da indias, sino mulatas, de que su raza no tiene nada que mejorar, y de que su preocupación debe ir dirigida a no empatarse con un tipo, sin importar el color, que se niegue a usar condón porque ahí sí puede dañárseles la raza junto con la vida. Decir estas cosas parece como descubrir el Mediterráneo, tan obvias son, pero ayuda a mucha gente a tomar conciencia. En los talleres de clase social, que también los tengo, las mujeres aprenden a sentirse bien hablando de niñeces sin zapatos, de casas con piso de tierra, sin agua potable, de no haberse sentado en un inodoro hasta casi adultas.

Con los grupos de familias disfuncionales para qué voy a contarle, y en los de sexualidad, las mujeres que asisten al taller y yo nos enfrascamos en la dura tarea de buscar alivio a hondas heridas producidas por incestos y violaciones y lidiamos con los sentimientos de culpa que acompañan a determinadas preferencias y aficiones. No son sólo los recuerdos de hechos desgraciados o la atracción por el mismo sexo lo que atormenta, no, angustia cualquier afición que se aparte de los cánones establecidos como normales. La cuestión sexual es muy delicada, en ocasiones una desviación mínima hace sentir perversa a una mujer: una excitación marcada por quienes son más viejos o más jóvenes, gordos o flacos, de distinta raza, con mucho pelo en el cuerpo o lampiños. Tuve una clienta que se sentía horrible porque para llegar al orgasmo necesitaba comerse una tajada de piña y hasta perdió amantes por la adicción porque en ciertos meses conseguirla resultaba un problema. En aquel caso, aparte del trabajo en grupo, mi ayuda principal consistió en investigar primero y hacerle una lista después, de los mercados de fruta de la ciudad donde podía comprar piña todo el año. Hasta por las fantasías sexuales se sienten algunas pecaminosas, aun siendo algo sobre lo que no tienen control. Imagínese si se vieran en mi caso.

En realidad, estos talleres sobre sexualidad son los más solicitados y exitosos. Los reanudé dos semanas atrás, pero estuvieron suspendidos por más de seis meses. La situación ya se estaba tornando intolerable. Mis ingresos mermaron de manera substancial y las organizaciones de mujeres que me apoyaron por años demandaban una explicación, pero entender qué pasó fue difícil y hasta que no me sentí con el valor de contar, con la honestidad que predico en las clases, por qué los suspendí, no los reanudé. Imagínese que en mi trabajo tomo como punto de partida mi propio ejemplo para ilustrar cómo se puede alcanzar la felicidad, tener éxito material y a la vez vivir como una cree debe hacerlo, llevar una trayectoria existencial que conduzca a la realización plena, a la coherencia entre pensamiento, sentimientos y conducta.

Coherencia. Esa es la palabra que ha guiado mi ruta, el hilo conductor del noventa por ciento de mis acciones. Bueno, a lo mejor exagero, pero del setenta, seguro. Según decía el cura de la iglesia de Piloto, el pueblo de Pinar del Río donde crecí, siete transgresiones a la ley divina, siete pecados capitales son culpables de conducir a los mortales al averno por la eternidad. Pues bien, para mí el primero, el peor defecto que puede tener un ser humano es pensar y actuar de manera contradictoria. En realidad lo que me cuesta trabajo aceptar no es la caída. No hay manera de evitar un resbalón cuando a la vida le da la gana de ponerte una cáscara de plátano en el camino. Pero no soporto el no asumir la responsabilidad de lo hecho, y mire que en mi caso no ha sido fácil mantenerme firme en mis principios, créame.

Mi mamá lo explica diciendo que nací para nadar río arriba. Yo no lo creo así. Para mí, todos los cambios han tenido el propósito de vivir acorde con la ética que predico. He tratado de evitar ser como la gente que vive infeliz, sueña a diario con hacer algo distinto, pero no dan un paso para obtenerlo y los sueños se diluyen en frases como: "si yo hubiera nacido rica", "si yo hubiera tenido la oportunidad de estudiar medicina", "si yo hubiera nacido hombre". Con esta última frase en boca de mi madre, crecí. Contrario a ese desear inactivo, desde chiquita he creído en la felicidad como posibilidad real. Felicidad entendida a mi manera, quiere decir, ser dueña de mi vida, hasta el punto que ella lo permite. No soy dueña de no morirme, pero cada vez que he tenido conciencia de mi desdicha, he dado los pasos para cambiar la situación, aunque haya tenido que torcer el rumbo sin previo aviso y voltear en U donde estaba prohibido hacerlo. Al final, digo yo, con la cara que tengo que estar en paz es con la que veo en el espejo cuando me miro en él por la mañana.

Recuerdo el momento exacto, el instante en que por primera vez vislumbré mi propio proyecto de vida y comencé a abandonar el que me habían trazado. Fue un atardecer hace más de quince años. Me había sentado a tomar café en la mesa de la cocina, al

regreso de unos exámenes médicos. Mientras bebía, sin pestañear observaba el sol cayendo frente a la ventana, ya casi una
línea, con la esperanza de ver ese rayo verde que alguien me dijo
despide antes de desaparecer, y si lo ves algo muy bueno te pasa.
Cada vez que tenía oportunidad miraba hacia el oeste al oscurecer y esperaba. Nunca lo ví porque desde mi apartamento, aquí
en Manhattan, sólo veía el sol descender hasta donde comienza
la parte superior de los edificios. Después seguía bajando por
detrás de ellos y yo continuaba sentada allí, esperando más un
rayo de luz interno que el de la naturaleza. Fija la vista en las
nubes rosadas me preguntaba qué quería pedirle y no podía decir, no lo sabía. Era un sentimiento perturbador. Algo quería con
vehemencia, de eso estaba segura, pero de acuerdo a cuántos me
rodeaban yo era feliz. Mis privaciones económicas habían quedado atrás, gracias a un marido que me adoraba, tenía una niña linda
y saludable, un apartamento cerca del Central Park, con mucha
luz y arreglado a mi gusto, creían ellos y hasta yo. Una casa de
veraneo en Upstate New York tenía, al lado de un lago y todo.

Sin embargo, hacía más de un año que padecía de un decai-
miento que me impedía estar en pie, en especial al caer la noche y
los fines de semana. Durante el día tenía ánimo, pero cuando estaba a punto de terminar la cena, y mi esposo esperando por ella
frente a las noticias del televisor, el sueño me invadía de tal forma
que terminaba de hacer el pescado o esperaba los últimos cinco
minutos del arroz, recostada a la meseta de la cocina con la cabeza entre las manos y los ojos cerrados. Lavaba la lechuga cabe-
ceando sobre el fregadero, la llave del agua abierta, con lo mal
que me cae desperdiciarla. Mi cansancio perpetuo estropeaba los
paseos de los dos únicos días en que Jerry descansaba. Ya no sabíamos qué hacer con mi dejadez. Mi marido, a quien enamoró
mi vitalidad al conocernos, estaba aun más desesperado que yo.

Me hice análisis de hemoglobina, los glóbulos rojos altísimos

Pruebas para ver si había contraído *lyme desease* en *upstate* New York, negativas. Se pensó en *chronic fatigue syndrome*, también fue descartada esa posibilidad. Ni siquiera tenía el colesterol alto, a pesar de haber aumentado cerca de veinte libras después de tener la niña. Jerry y mi mamá insistían en pruebas más y más especializadas y yo por complacerlos, me las hacía. No sé cuántas fueron. Pasé meses investigándome cuánto rincón y materia sólida o líquida tenía en el cuerpo. Debido a esta circunstancia comencé a prestarme atención como jamás lo había hecho, siempre atareada con la casa y la niña y resolviendo problemas familiares. Desde chiquita padecí de un exceso de capacidad para la empatía. Ya se me curó.

Pasaba horas tirada en la cama o en el sofá y esta circunstancia, desafortunada en apariencias, propició la oportunidad de pensar en mí misma. Empecé a sospechar que no era en el plano físico donde encontraría solución a mi desgano al darme cuenta de lo mucho que disfrutaba las siestecitas forzadas que me tomaba en medio de cualquier reunión familiar. Mi cabeceo impedía sostener una conversación, casi me caía de la butaca y tenía que cerrar los ojos. El único remedio era recostarme un rato, así fuera en el momento de cantar *happy birthday* en el cumpleaños del padre de Jerry, como pasó una vez. Consternados, los presentes seguían con la vista mi marcha tambaleante, pero al entrar en la habitación y cerrar la puerta, como por encanto, la languidez se esfumaba. Me acostaba de cualquier modo, por si venían a ver, pero escuchando la conversación de la familia al otro lado de la puerta, sin tener que compartirla, me sentía en la gloria. Se me formó una maraña adentro, que recordarla me da ansiedad, al no entender por qué me sentía con ánimo sólo cuando estaba sola, ésa era la clave.

Por la noche Jerry fregaba, siempre fue su tarea, y después regresaba a la butaca frente al televisor en espera de que yo dur-

miera la niña para relatarme su día en el trabajo. Lo hacía desde
que nos casamos y yo había dejado de prestarles atención a las
historias, pestañeando seguido en un esfuerzo por abrir los ojos.
No importaba lo tarde que me hubiera levantado por la mañana,
ni el haber dormido siesta, me acostaba con la Ana Gabriela y
pobrecita, cuando ella cerraba los ojos decepcionada de sólo haber escuchado la primera parte del cuento, ya yo estaba soñando.
Al cabo de un rato Jerry se asomaba a la puerta del cuarto y al
verme dormida se retiraba, resignado de pasar otra noche sin
audiencia.

Veinticuatro de junio. Me acuerdo porque era el día de San
Juan y en Cuba, cuando yo era chiquita, visitaba mi casa una mujer
de Baracoa que decía que si no te bañas ese día, te salen gusanos.
Hasta hoy trato de bañarme dos veces, así de impresionables son
los niños. Regresé de una interminable e inútil prueba de diabe-
tes. Cuando terminé el *iced coffee* con *Irish cream* que preparé para
resarcirme de las horas feas del hospital, ya el sol bajaba por detrás de los edificios. Al ponerme de pie para fregar la taza, recordé un sueño de la noche anterior que se borró al levantarme en la
mañana.

Viajo en tren por la orilla del río Hudson, de regreso a
Manhattan. Mi mamá va enfrente de mí, veo su figura con preci-
sión. Estamos sentadas en el lado izquierdo del vagón y a través
de las ventanillas del lado derecho se ve el río casi cubierto de
flores de loto cerradas aún, prontas a abrir. Admirada, llamo la
atención a mi mamá. Se incorpora en el asiento, las flores que se
ven ahora flotan abiertas por completo, grandes, redondas, rosadas. Cubren la superficie del río. Digo a mi mamá: "Mira qué
lindas". Ella observa con atención y responde que no ve nada.
Me parece imposible, son tan grandes. El tren continúa y apare-
cen flores iguales a lo largo del camino. De repente, en medio de
los lotos, más altas que éstos, surgen unas plantas de lirios con

flores enormes de color naranja. Continúo insistiendo en que mi mamá vea aquella belleza y ella continúa negándola. Le digo que se concentre en las flores rosadas. La miro a los ojos, inexpresivos reflejan resignación y serena regresa a su sitio, incapaz de ver.

Le digo que ha dejado de hacer y ver tantas cosas que hubiera podido hacer y ver. —Es verdad —dice— pero siempre he tenido muchos problemas y *"me ha sido imposible moverme."* Esta es una frase que usa con frecuencia en la realidad. Le contesto que es falso. Han sido sus miedos, ésos la han paralizado y le han impedido moverse. Asiente callada.

No analicé el sueño. Mientras fregaba la taza sólo lo recordé, pero la nitidez con que contemplé en mi imaginación la expresión inmóvil de los ojos de mi madre, incapaces de maravillarse, fue más sorprendente que la visión de cualquier rayo verde. Me sujeté las sienes con las manos y abrí los ojos. No me había dado cuenta que los tenía cerrados. El agua corría por la llave abierta, ya era de noche, Jerry estaba al regresar del hospital y mi mamá al llegar con la niña. Debía preparar algo de comer. Me levanté y despacio, como en cámara lenta, puse agua a hervir para hacer pasta.

No soy feliz, —me dije— no soy feliz. Eso es lo que pasa. A pesar de las gracias que da mi mamá a diario a todos los santos por la bienaventuranza de mi vida actual, no soy feliz. Y pensé esto con los ojos abiertos, como cuando una llega a la escena de la película donde se devela el misterio, mirando las luces recién encendidas de los edificios de la ciudad. Y usted no creería lo que esa admisión me sorprendió a mí misma. No es fácil admitir que la perfección no es lo perfecto para una. Terminé la comida con una ligereza que ya pensaba no recuperaría. Serví, comimos, dormí la niña y regresé al sofá de la sala. Jerry dormitaba frente al noticiero. Me senté junto a él y me miró asombrado.

—Estás despierta.

—Sí, estoy despierta y quiero hablar contigo.

—OK, déjame terminar de ver esto y hablamos.

Por primera vez desde el día que nos casamos fui totalmente consciente de que cada vez que yo quería comenzar una conversación Jerry estaba ocupado. Comenzaba a hablar cuando lo determinaba. Ahora me impactó aún más porque verme despierta a aquella hora hubiera debido ser para él como verme resucitar. Tanto insistir en que averiguara la causa de mi inercia y ahora ni podía interrumpir un programa de televisión en el que discutían por centésima vez si se podía considerar que el presidente había tenido una relación sexual porque se la había dejado chupar por la muchachita. Me senté a su lado y aguardé el final de las noticias. En el intervalo de silencio me di cuenta de lo difícil que me era hablarle de algo importante para mí, algo que no fuera parte de nuestras conversaciones cotidianos: la niña, la casa, la familia.

Terminó el programa, comencé a decir que ya sabía qué me sucedía. Me miró desvaído. Con timidez sugerí que pensaba que necesitaba un cambio, que estar siempre en la casa me deprimía. Tal vez debía ponerme a estudiar, buscar un trabajo *part time*, la niña ya tenía cinco años y comenzaría a ir a la escuela el día completo en septiembre. Ahora atento, me miró como si yo hubiera estado alucinada.

—Tú no estás aburrida, ni necesitas trabajar, bastante tienes con la niña. Al nacer, acordamos que te quedarías en la casa hasta que tuviera por lo menos siete años, era lo mejor para ella. Lo que tú necesitas es descanso. Yo también lo necesito. Pido tres días el mes que viene, los unimos a un fin de semana y nos vamos por cinco. Busca adónde quieres ir, al regresar estarás nueva.

—¿No te parece raro que así, de pronto, me haya regresado la energía?

—No si consideras todos los tratamientos a que te sometiste. Las últimas pastillas funcionaron, eso es todo, las que me dio tanto trabajo que tomaras.

Jamás ingerí una de aquellas pastillas. Teníamos una idea opuesta sobre cómo conservar la salud y médico él, siempre creía tener la razón. Una de las pocas salidas que yo daba, de mi agrado, era a tomar cursos de *holistic Health*. y nunca se lo dije. A las pruebas no pude escapar porque mi falta de energía justificaba su insistencia y mi mamá lo apoyaba, pero las medicinas que me recetaban sin estar seguros de su efectividad, puesto que nunca aparecía algo erróneo en los análisis, no las tomé nunca, la que se iba a joder era yo.

Jerry se levantó del sofá, me besó ligero en la boca, me acarició la cabeza tan desatento a lo que hacía su mano como cuando la pasaba por la cabeza de Torcuato, nuestro gato, y ya camino al cuarto dijo que fuera a acostarme, debía estar muy cansada, la niña daba mucha lucha. Recordé a Buñuel. Aquella película en que los padres denuncian a la policía que su hija ha desaparecido, mientras la niña, junto a ellos, insiste en que la vean, está allí.

Sola en la sala, saqué de mi estante de libros privados: *Las Plantas mágicas,* de Paracelso y busqué el loto. "...desde el punto de vista religioso, tiene el mismo significado que el lirio. Planta del Sol. H.P. Blavatsky, en su *Glosario Teosófico*, escribe lo siguiente: 'Planta de cualidades sumamente ocultas, sagrada en Egipto, en la India y en otras partes. Llámanla el Hijo del Universo que lleva en su seno la semejanza de su Madre'. Signo planetario: Sol. Signo zodiacal: Leo".

Mi mamá y yo nacimos en agosto. Y decidí, sentada en el sofá de sobrio diseño, escogido por Jerry y ajeno a mi gusto florido, que no iría a ningún paseo en crucero que sólo serviría para aumentar mi aburrimiento y que me atrevería a mirar los lotos y los lirios que flotaran en cualquier río que se cruzara en mi camino. Seguro que iba a atreverme. Pero atreverme ¿a qué?

Terminó el verano, pasó el otoño y fueron meses de sufrimiento, pero por lo menos era un sufrimiento activo, tratando de encontrarme. Amanecí una mañana de invierno decidida a hacer algo atrevido. Y lo hice a pesar de la nevada, en realidad por casualidad. Desde que recuperé la energía me dio por visitar a hurtadillas mi viejo barrio, por detenerme delante de los maltrechos edificios a leer los letreros escritos por los muchachos en las puertas de entrada, por contemplar desde la calle las cortinas de flores de colores vivos en las ventanas de las cocinas, los tendidos de ropa puesta a secar al sol en los balcones de las escaleras de incendio. No lo comentaba con mi mamá, menos con Jerry, pero sentía una felicidad difícil de explicar ante aquellas tendederas entre las cuales viví mis primeros años en este país y de las cuales mi mamá renegaba cuando eran nuestro paisaje diario.

En una de aquellas caminatas solitarias, ya que había dejado de ver hacía tiempo a mis amistades del barrio y las parejas con las que Jerry y yo socializábamos e invitábamos para pasar Thanksgiving y Nochebuena hubieran pensado que estaba loca si les contaba mi atracción por aquel vecindario, encontré una espiritista de primera. Entre otros remedios, me recomendó unos perfumes para abrirme, no el camino, sino el entendimiento. ¿Se da cuenta de qué mujer tan sabia era? Si no sabes adónde quieres ir, de nada vale estar rodeada por veintiún caminos llanos. La mañana en que me levanté dispuesta a hacer algo drástico, fui a una botánica en la calle Rivington, en donde vendían un perfume de gardenia preparado especialmente para Ganesh, removedor de los obstáculos. Me entretuve hablando con la dueña, una señora buena gente que daba a los clientes lo que necesitaran aunque no tuvieran el dinero completo, me agarró la hora de almorzar y en un restaurante chiquito pintado de rojo por afuera, pedí un mofongo con chicharrones, algo que jamás, pero jamás comí, desde hacía años, involucrada como estaba en el *holistic health*.

Debo hacer una aclaración para que me entienda, porque este cuento es difícil de resumir en el espacio de una entrevista. A partir de la revelación de los lotos y los lirios, me sentí enjaulada. Trataba de comunicarme con Jerry sin resultado. A mi angustia contestaba con su *psychological crap*, con respuestas engendradas por sus necesidades emocionales disfrazadas de ciencia y apoyadas por estadísticas que váyase a saber cómo fabricaron. Lo cierto es que yo sufría con su insensibilidad a mis necesidades. En parte entiendo por qué no me tomaba en serio, pero yo era incapaz de controlar el deseo insaciable que sustituyó el cansancio perpetuo, y queriendo sentirme mejor dentro del marco de mi monogamia, trataba de saciarme con mi marido, luchando contra su apatía, porque la pasión nunca fue cualidad relevante en él. Para motivarlo hice maromas increíbles. Fui a *Victoria's Secret* y compré la ropa de dormir más provocativa que encontré en la tienda. Hasta esos panties mínimos de encaje, con un huequito donde usted sabe, compré. Estaba fuera de mis cabales, es cierto, pero él manejó la situación pésimo, tomando en consideración su profesión y su interés por conservarme a su lado. De aquella experiencia, en gran parte, derivó mi decisión de hacerme consejera. De ver su poca sabiduría y pensar que de acuerdo a sus consejos un montón de gente tomaba decisiones vitales.

Un día entré en una tienda de juguetes sexuales y compré una partida de cositas. Nunca las había usado y las traje a casa embulladísima. Ahora me da gracia pensar lo ingenua que yo era. Aquella noche me preparé para la gran ocasión, con un esmero, que pensé lo volvería loco. Me acosté antes que él y lo esperé cubierta con una sábana de satén, de ésas suavecitas. Al sentirlo entrar en la habitación me hice la dormida. Esperé a que se desvistiera y entonces, antes de ponerse la pijama, le pedí que se sentara a los pies de la cama, de frente a mí. Me destapé despacio. Desnuda, con las piernas cerradas y estiraditas, las subí lento, lento, como imaginé lo haría la actriz de un teatro porno en vivo de ésos de la calle 42 que anuncian en las carteleras, y al abrirlas le mostré un

pene gelatinoso y fluorescente, color naranja, que me había intro-
ducido para excitarlo con mi desenfado. Saltó de la cama con los
ojos fuera de las órbitas y de pie en el piso comenzó a insultarme
enloquecido sí, pero no de deseo, sino de sorpresa, de celos, que
sé yo de qué. Me sentí terrible. Reaccionó como si me hubiera
encontrado con una pinga de verdad adentro. Todo era un juego.
Me gritó pervertida, indecente, dijo que nunca hubiera esperado
algo así de mí. Sin contestarle, abrí todavía más las piernas, y mi-
rándolo sin pestañear me saqué el pene anaranjado, caminé despacio para el baño sosteniéndolo con la punta hacia arriba, bam-
boleante. Lo lavé en el lavamanos y lo puse a secar encima del
tanque de agua del inodoro. Cada vez que entré al baño aquella
noche, que fueron muchas porque no pude dormir pensando en
qué clase de siquiatra imbécil tenía por marido, veía el inocente
aparatico resplandecer fosforecente, y sonreía. La última vez que
entré al baño amanecía ya y decidí dejar a Jerry, por comemierda.
La única vez, durante los años de matrimonio, que lo oí alterar la
voz, fue aquella, para escandalizarse por lo que debió haberle
divertido. Si hubiera mostrado para responder a mi frenesí, el
ardor que puso en aquel incidente para enfadarse, qué bien la
hubiéramos pasado. Fue al otro día que terminé acostada con el
cocinero del restaurante donde pedí el mofongo con chicharrones. Pasó que celebré tanto la comida, que el camarero y dueño
del restaurante quiso presentarme a quien la había preparado.
Estaba orgulloso de cómo en sólo dos meses había adiestrado en
cocina puertorriqueña a un mexicano. No era malo en la cama,
pero tan pronto lo tuve encima me di cuenta del error. Miré al
techo y me pregunté qué hacía allí. Salí del cuarto del apartamento de un amigo suyo, adonde me llevó, sin haber tenido asomo de
orgasmo y diciéndome que aquella tampoco era mi ruta.

Por la noche, porque para colmo me quedé con una calentura de
película, sin resolver, me puse los panties del huequito, que Jerry

toleraba. Parece que ése era su límite para la extravagancia sexual, e hice el amor pensando en el cocinero del restaurante. Penetrada por él en mi imaginación, tuve un fenomenal orgasmo.

Lo más difícil fue convencer a Jerry de que sí quería divorciarme. Yo no sentía lo que sentía, según él, era sólo que necesitaba descanso. Y dale con el descanso. Tuve que irme de la casa para convencerlo y por supuesto, conmigo vino Ana Gabriela. Dejé a Torcuato porque Jerry estaba muy apegado a él y además, soltaba una de pelos que mi mamá no soportaba y en su apartamento tuve que refugiarme. Me acusó de abandono de hogar y ahí fue donde entró en mi vida Iris, que entonces no era una amiga, era una simple conocida del centro de *Holistic Health* en donde empecé a trabajar al separarme. Yo era asistente de la maestra de *Alternative Therapies: East and West* e Iris se matriculó en el curso. La única estudiante latina, el vínculo fue inmediato. Pronto se convirtió en mi confidente. No sé qué hubiera pasado de no haberla conocido. Luchando por abrirme camino económicamente, además del trabajo tenía el peso de haber comenzado en la universidad de nuevo, pero el esfuerzo físico era nada comparado con la tortura que me esperaba cada noche al llegar al apartamento de mis padres y mi mamá, tan pronto asomaba yo la cabeza por la puerta, comenzaba a recriminarme por haber dejado un marido tan decente, tan buena persona, tan formal. En realidad, adoró a Jerry desde el principio, primero por médico y después, y no estoy segura del orden de estos factores, por blanco. Su terror era tener nietos mulatos y como en el Lower East Side, donde vivíamos desde que llegamos a Nueva York hasta que fui para la universidad y ellos compraron el apartamento en West End Avenue y la setenta y dos, todos los amigos y novios que tuve eran oscuritos, pues vio los cielos abiertos cuando apareció Jerry. Lo conocí por ella, cuando empezó a tratarla de una depresión que mi madre se autodiagnosticó era inducida por la menopausia. La acompañaba a la consulta de vez en cuando y tan pronto sospechó que yo le gustaba al mediquito, se dio a la tarea de acercarlo a casa. Ella tuvo mucho que ver con ese matrimonio. No es ponerle la responsabilidad de mis actos, pero la influencia de las madres sobre una es tan gigante que hasta en lo que se rechaza han influido. ¿Conoce el poema de Lourdes Casal? "Madre, que al fin y al cabo has ganado, que mi mundo es el tuyo al revés, que me defino por contraste". Pobre de todas nosotras, y me importa poco que suene a *soap opera*, porque soy consciente a plenitud de que si la imagen de mi madre ha estado presente en decisiones que me han hecho infeliz, también lo ha sido en las que me hicieron salir adelante.

Se puso dichosa, Ana Gabriela es clarita, aunque por poco se queda sin nietos. Si el gusto que le cogí a las mujeres después se lo hubiera cogido antes, ni blancos ni negros los hubiera tenido de mí, y soy hija única. Durante el tiempo que viví con ella después de la separación de Jerry, no se cansaba, cuando yo regresaba de trabajar, de sacarme en cara los sacrificios que hizo para pagarme un *high school* católico y evitarme la juntera con los *teenagers* de la Avenida C, donde vivíamos. Total, yo me juntaba de cualquier forma.

Una noche llegué demasiado cansada para aguantar la cantaleta y tuvimos una pelea que agarré a Ana Gabriela y me fui, sin saber adónde íbamos a dormir. Llamé a Iris de un teléfono público en la calle, así mismo fue, y gracias a ella y a Rodolfo no amanecimos durmiendo en la acera. Un golpe de suerte vació a los pocos días un apartamento en el mismo edificio en que ellos vivían y nos mudamos a él, con el dinero para el depósito que ellos me prestaron. Allí conocí a Mayté Perdomo, muy amiga de Iris y Rodolfo, como usted sabe y que fue la primera persona que me habló de usted, fíjese cuántos años hace. Mayté fue mi primera amante y yo la segunda de ella. Bueno, en realidad había tenido una relación pasajera con una prima que vino de Cuba de visita, una tal Laura, y en el momento en que nos conocimos, dos años después del incidente, no estaba segura del camino a tomar. Sin pretenderlo, la ayudé a decidirse. Al mes estábamos enfrascadas en un romance estilo Julieta y Julieta, aunque en unos meses pasó de romántico a postmodernista.

Usted se ríe, pero verá que fue cierto.

Nos sentimos cerca de inmediato. Amistad a primera vista. Un viernes después de comida nos reunimos para ver la película que ella había alquilado, como hacíamos todos los viernes cuando Iris y Rodolfo se llevaban a Ana Gabriela por el fin de semana. A Ana y a Raquelita les encantaba estar juntas. Al terminar la película comenzaron las confidencias, cosa usual en nuestros encuentros. Desarrollamos una intimidad poco común desde el principio y aquella noche Mayté, comentando una escena de amor de la película recién vista, hablaba de cómo ella sentía el deseo de manera diferente según fuera el sexo de la persona con quien sostuviera la relación sexual y de cómo, con una mujer se le ocurrían cosas que jamás pensaría hacer con un hombre.

—Por ejemplo, si yo me fuera a la cama contigo ahora, lo único que quisiera es chuparte aquí, —y me pasó despacio la punta de los dedos por la coyuntura que une el brazo con el antebrazo, —y aquí, —y pasó despacio la punta de los dedos por la corva de la pierna mía que más cerca de ella quedaba en el sofá en que, cada una a un extremo, nos reclinábamos.

—Es lo único que quisiera hacerte. Jamás se me ocurriría hacerle eso a un hombre.

Yo nunca me había acostado con una mujer, es más, nunca lo pensé antes en serio, aunque creo que mi simpatía por Iris hubiera podido convertirse en atracción sexual. Mayté es una persona que despide una sensualidad muy fuerte. No es bonita de una manera especial, es la mirada, los gestos, la voz. Deseé sentir su

piel junto a la mía y su boca haciendo lo que reclamaba. Sin más
me acerqué a ella, subí hasta arriba del codo la manga larga de la
camiseta que llevaba y le ofrecí el brazo extendido.

—Chúpame.

Me miró con una intensidad que no había visto antes en sus
ojos, sujetó el brazo por debajo del codo, acercó los labios, lamió
la conyuntura despacio con la lengua abierta, como si hubiera
estado chupando un helado, y después succionó el área ensa-
livada. Cerré los ojos, me recosté al espaldar del sofá y comencé a
hundirme en un agua clara y espesa que me permitía descender
lento. Era una superficie mullida, cuya suavidad me condujo a
una relajación total. Le digo a usted que fue algo fuera de este
mundo. ¿Quién, si no está loca, hubiera rechazado gozo de ese
calibre? Al apartar la boca me quité la camiseta, y desnuda de la
cintura para arriba porque nunca he usado brassiere en la casa,
le ofrecí el otro brazo, en el que repitió la caricia y yo el gigante
placer. Al separar los labios, ante la huella no pude evitar pensar
en Drácula. Me vi forzada a llevar mangas largas por dos semanas. Solté el cordón que sujetaba el pantalón a la cintura y me
tendí boca abajo en el sofá para facilitar la operación en las cor-
vas, la que repitió con igual lentitud que en los brazos. Después
con la mano abierta me acarició el reverso de la pierna derecha
desde el talón del pie hasta el nacimiento del muslo, introdujo la
mano entre las dos piernas en aquella zona bañada por la excitación y sentí sus dedos dentro de mi cuerpo, por detrás. Se inclinó
sobre mi espalda y susurró:

—Te quiero, Catalina.

Y el "te quiero" me produjo un orgasmo inmediato.

Agobiada y necesitadísima de cariño, al principio su amor fue
un bálsamo, antes de aflorar las neurosis, demasiado similares
por provenir de traumas parecidos. Con todo, duramos más de
dos años y con ella aprendí a hacer el amor en serio. Entre dos

mujeres, ausente "el arma del amor", como llaman a veces los manuales orientales al pene, el acto sexual tiene que convertirse en arte, por necesidad, para satisfacer a ambas. Mayté, en el momento en que la encontré, estaba hecha a la medida de mis necesidades. Poseía una libertad de espíritu que nos permitió explorar juntas cuánto aparato encontrábamos en las tiendas de juguetes sexuales del Village. Era un aliciente, tras las largas horas de trabajo y estudio, dedicar las noches a explorar nuevos entretenimientos. Más que los dildos nos gustaban los distintos tipos de vibradores. Aprendí muchas cosas que me han ayudado en cantidad en los talleres. Tuve con ella una relación que no recomendaría a ninguna de mis clientas, de hecho la menciono como ejemplo de adicción a una persona y cómo la superé, pero la verdad es que la gocé. Esto lo digo también en las clases, con toda honestidad. Por eso, en parte, suspendí por meses esos talleres. ¿Cómo iba a explicar que la estaba viendo de nuevo?

Discutíamos sin parar, por nimiedades el noventa y cinco por ciento de las veces, pero detrás del sin sentido se ocultaba la búsqueda de un balance de poder en la relación, que nunca conseguimos. No es fácil. De la misma manera que la sexualidad entre dos mujeres, para funcionar satisfactoriamente, requiere por necesidad, maestría en la práctica sexual, en la relación emocional hay que crear una dinámica para la que no hay modelos. En la actualidad esto está más que dicho y estudiado, lo sé, pero continúa siendo una realidad. En mi trabajo he visto que en gran número de casos la relación romántica adquiere un carácter filial al cabo de un tiempo que convierte el deseo sexual en un sentimiento que algo dentro lee como incesto y anula la pasión. A veces la pareja continúa por años e incluso hasta que la muerte las separa, pero o se han resignado ambas a vivir sin sexo, o sostienen relaciones fuera de la pareja. El clásico patrón de un matrimonio tradicional. Entre Mayté y yo fue diferente. Las dos somos muy fuer-

tes, ése ha sido mi análisis de la situación y nos queríamos y sobre
todo nos gustábamos con una vehemencia que no se resignó a
renunciar al placer. Entonces, nuestra relación evolucionó de una
manera imprevisible. La tarde de un sábado de agrio altercado,
con la pelea se fue nuestro pudor, enredado en los insultos mutuos, y ya vacías del rencor nos enfrascamos en una reconcilia-
ción feroz, más parecida a lucha libre que a acto de amor, pero de
la batalla salimos tan complacidas que quedamos listas para la
próxima. De allí en adelante, pelea y delirio representaban
significante y significado adentro de nosotras, inseparables. In-
ventábamos juegos inverosímiles, posiciones irrepetibles para
cada jornada. El cuerpo de Mayté se fundía en el mío y el mío en
el de ella, no había pedazo de piel desconocido a nuestras len-
guas, ni hoyito en una por donde no hubieran entrado las manos
de la otra. Pero el frenesí lo traían los olores mutuos al confundirse
entre las sábanas. Las bocas parecían encoladas a la entrepierna
de la otra, de donde, ajenas al reloj, desprenderse parecía siem
pre prematuro. Tanto nos enardecía el olor que decidimos no
bañarnos los fines de semana y dejamos de ir al cine, de visitar a
los amigos, de comer en restaurantes. Llegamos al extremo de
que si teníamos una pelea al amanecer, antes de salir a trabajar
me llamaba o la llamaba para advertir que no se le ocurriera la
varse antes de encontrarnos por la tarde.

Pero a medida que fueron aumentando en intensidad las se
siones de amor, lo hicieron las peleas y el afán de posesión mío
Llegué a un extremo, que en un mes de diciembre tuvimos un
serio disgusto cuando escribí yo sola las felicitaciones de las tar
jetas de Navidad para las amistades mutuas y se las di a ella des
pués para que las firmara. Me insultó, sin yo entender por qué
Lo había hecho, creía honestamente en aquellos momentos, par
ahorrarle molestias. ¿Para qué íbamos a escribir las dos si podí
hacerlo yo sola? Me molestaba su trabajo, las largas horas en e

periódico, la irregularidad de los horarios, las llegadas tarde a casa, las reuniones frecuentes. Discutíamos, hacíamos el amor y volvíamos a discutir. El fin llegó cuando Mayté se negó a dejarme grabar el mensaje de su máquina contestadora. Era su máquina, insistía, yo estaba loca de verdad. Entonces me empeñé en mudarnos juntas. Esa sería la solución, no habría más problemas. Un sólo teléfono, una sola máquina contestadora, un solo mensaje, con mi voz. Fue meterme con el mono, como hubiera dicho mi papá. Hasta entonces me había metido con la cadena, pero pedirle que dejara el apartamento al que estaba y está tan atada, el que se negó a abandonar para mudarse a Chicago con Alberto, fue meterme con el mono. Rompió conmigo, en serio. Lo habíamos hecho antes y siempre volvíamos, pero esta vez no volvió, no compartimos más la cama.

Aseguró que no la quería. ¿Cómo iba a quererla si no entendía sus necesidades? ¿Cómo iba a objetar su trabajo, parte integral de su vida, cómo iba a tan siquiera sugerirle dejar su apartamento después de haber escuchado su historia con Alberto? Yo no la amaba, quería tragármela, eso era todo. No sé, seguro tenía razón desde su perspectiva, pero sentí que me faltaba un brazo o una pierna. Su partida me mutiló, y lloré mucho. Decidí no olvidarla, no quería olvidarla, tanto la amaba, a mi manera, aunque ella no lo creyera. Por varias semanas tomé el café de la mañana sentada en la misma butaca en que lo tomaba cuando Mayté amanecía en mi casa, e imaginaba conversaciones con ella. Hablábamos de la vida, del destino, de las relaciones humanas, de la sociedad. Hablaba como si estuviera allí para contestarme. Mientras mantuve el rito podía pasar horas sin advertir que ya no la tenía, pero un día sin darme cuenta cambié de sitio por la mañana y rompí la magia. Así fue. Mi realidad fabricada comenzó a desvanecerse y yo tratando de retenerla sin éxito, de recordar el gesto exacto de su cara al reaccionar a un comentario mío, pero cada vez era más imprecisa la imagen. Comencé a levantarme y a acostarme a las horas que lo hacía antes de estar con ella, a ver los programas que no soportaba y a mí sí me gustaban, mis horas de comida volvieron a antes de Mayté, cuando no esperaba a que cerraran el periódico que saldría al día siguiente para comenzar a preparar la cena, sabiendo que llegaría en media hora, ya acostada Ana Gabriela. Recuperé mi rutina y un vacío peor que todos los dolores me invadió. Caí entonces en la exacta cuenta de que habíamos terminado. Y todo esto pasó sin que ella lo supiera. Yo era muy orgullosa y al decirme que todo había terminado, recogí la bata de dormir y el cepillo de dientes eléctrico que tenía en su apartamento, guardé las vitaminas en una maletica, callada crucé el pasillo, y callada sufrí. Muy callada, para que Ana Gabriela no supiera tampoco.

Iris de nuevo vino al rescate. Estaba al tanto de los detalles de mi relación con Mayté, y como me persiguen los cuentos raros, parece que mi falta de recato para hablar de intimidades con ella la animó a contarme una historia extrañísima de su vida. Bueno, de la de su marido, algo que no había contado ni a Mayté, y si yo se lo digo a usted, a pesar de los años transcurridos, es porque su discreción ha sido probada con tantas confesiones que le han hecho y no las ha revelado ni puesto en evidencia a nadie.

El marido de Iris es un tipo decente, serio y cariñoso, usted lo sabe, nunca ha tenido ella problemas con él por infidelidad, nada que la haga sospechar que sale con otra mujer, pero una vez habían ido al cine con Raquelita y a la salida, él tenía la niña dormida en brazos y se le antojó comprar un refresco antes de ir a casa porque el *popcorn* le había dado sed. Le pidió a Iris que sacara tres dólares de la billetera de él, que llevaba en el bolsillo de atrás del pantalón, una de ésas con varios compartimientos. Pues ella abrió uno de ellos, donde no encontró dinero, sino un condón sin el sobrecito, como usado. Sacó los tres dólares de otro compartimiento sin mencionar el hallazgo, dudando de si había visto bien. El no se dio cuenta, pero ella no pensó en otra cosa camino al apartamento. Tan pronto tuvo una oportunidad, buscó de nuevo y efectivamente, Rodolfo guardaba y aún guarda en su billetera, un condón que obviamente ha sido usado y lavado. Por ser algo tan ajeno a la conducta de su marido, y porque él es un hombre con sus rarezas, debido al trauma de cómo lo mandaron para este país, y además, ella piensa que ese condón no tiene nada que ver con otra mujer, —hasta ha sospechado un incidente gay— nunca lo mencionó, ni a él ni a nadie, pero a mí me lo confió y según ella, era tan raro que alguien le inspirara confianza para hablar de algo así, que yo debía dedicarme a terapista. Lo que nunca dije a Iris es que en dos ocasiones, cuando ella iba los sábados a visitar a su mamá en New Jersey, y se llevaba a Raquelita y a Ana Gabriela, yo vi a Rodolfo entrar en el apartamento frente al de ellos, donde vivía una mujer con una cara muy linda y una voz profunda, singularmente cadenciosa, que pesaba cerca de cuatrocientas libras. Se llamaba Frances. Los viernes por la noche yo me quedaba con Mayté y a la mañana siguiente, tarde, iba para mi casa. Esas fueron las ocasiones en que vi a Rodolfo en la evolución. La primera vez se amoscó al verme y yo, la segunda, traté de hacerme la que no me daba cuenta porque mi apartamento estaba al final del pasillo. Nunca entendí. Esa mujer no era amiga de ellos, pero después del cuento del condón barrunté que por allí iba la cosa. Frances se mudó del edificio hace más de tres años. No sé...

El consejo de Iris sobre mi profesión fue providencial. Yo estaba terminando una maestría en sicología, pero en realidad sin gran entusiasmo. En el momento en que sugirió el dedicarme de lleno a la terapia, estaba tratando de desenrollar mi lío interno, yendo a terapia yo misma, impactada por mi propia conducta durante la relación con Mayté. ¿Cómo pude actuar y sobre todo, sentir como lo hice, después de lo que pasé con Jerry por su afán de controlarme? Se me ocurrió organizar el primer taller que armé para explorar en un grupo de mujeres si habían tenido experiencias similares a la mía y partir de ahí para no caer en aquel patrón de nuevo. Decidí que mi próxima relación sería saludable emocionalmente o no tendría ninguna. Así de radical soy yo. Para que se dé una idea de cuán fuerte es mi determinación para hacer lo que quiero y no hacer lo que no quiero, voy a contarle rápidamente, que tengo que irme en media hora, una anécdota de cuando era nina. Chupé tete hasta el día que cumplí tres años. En la fiesta de cumpleaños mi mamá, nunca se me olvida, comentó con mi tía Fanita que ella no sabía qué hacer para que yo perdiera la costumbre, que los dientes se me iban a botar si no lo dejaba pronto. Yo no quería que se supiera y lo hacía sólo cuando no había nadie de afuera en casa, ni siquiera delante de una tía o una abuela. Me sentí traicionada por mi madre y cuando al acostarme trajo el tete, sin el cual no me quedaba dormida, lo tiré lejos de la cama. Más nunca. No podían creerlo y se volvió un chiste en la familia, mire usted que sentido del humor torcido, ofrecerme el tete para tentarme. No les di el gusto. Más... nunca. Imagínese qué choque sería, para alguien con mi personalidad, mi descontrol y afán de posesión durante la relación con Mayté. Sin embargo, puede decirse que aquel incidente marcó la ruta de mi éxito profesional.

Iris me veía amarrada al dolor en aquel edificio, obligada a compartir el elevador con Mayté, a verla entrar y salir ajena a mi vida, hasta que un lunes un me dijo que no fuera a trabajar, una amiga suya quería mostrarme un apartamento que vendía en el West Village. Ella y Rodolfo me ayudaron de nuevo con el dinero, para conseguir la hipoteca y compré el apartamento donde viví hasta que Melissa y yo compramos la casa en Westchester.

Después de Mayté tuve varias relaciones pasajeras, siempre con mujeres, hasta que conocí a Melissa en unas sesiones de *Weight*

*Watchers* que conduje. En realidad bajé las veinte libras que me sobraban cuando me divorcié, sin dieta especial, pero me pagaban bien por dar aquellas clases y no le hacía daño a nadie el afirmar que había adelgazado con el programa. Al cabo de seis meses Melissa seguía igualita y dejó las clases desencantada, pero allí se inició nuestra relación, sensata desde el principio. Tenía dos años más que yo, le gustaba el cine como a mí, estuvo casada y tiene dos niños varones, lo que era una suerte para ambas. Ana Gabriela era un complemento para ella, sin niñas y Roger y Francis lo eran para mí. Es arquitecta y trabaja en desarrollo urbano, con una compañía grande. En los últimos años su trabajo, a despecho de la crisis económica, ha estado floreciente con el proceso de *gentrification* de Manhattan. Ese es el único aspecto en el que rozábamos. Para mí, que lo veo desde la perspectiva de mi gente, es doloroso ver el cambio de la ciudad. Para ella, que lo ve desde una perspectiva de desarrollo urbano, es positivo. Aún con esa diferencia, nos tratábamos con respeto y era una relación de la que estuve orgullosa por años. Normal, diría yo, que ponía de ejemplo a las mujeres con las que trabajo en los talleres. Pero parece que lo normal no funciona conmigo.

Meses antes de que pasara lo que le voy a contar enseguida, ocurrió un incidente, sin importancia aparente, pero que me tuvo pensando por varios días. Recién empezada la relación con Melissa, Mayté y yo hicimos un esfuerzo, que funcionó, por reentablar nuestra amistad. De cualquier modo, era imposible no estar cerca puesto que nos unen tantas cosas. Ana Gabriela está apegada a ella, la amistad mutua con Iris y Rodolfo, Raquelita y Cuba. Mayté estaba ya con una nueva pareja, me la presentó, le presenté a Melissa y desde entonces las cuatro hemos sostenido una relación más de cordialidad que de amistad, pero nos vemos con frecuencia, siempre las cuatro juntas.

En una ocasión Melissa viajó a Polonia para ofrecer unas conferencias, basadas en el éxito que tenía en Nueva York, sobre cómo renovar y embellecer una ciudad, decía ella. Sobre cómo sacar a la gente de sus apartamentos, decía yo. Michelle, la compañera de Mayté, estaba fuera de la ciudad también, visitando los padres en Nevada. Invité a Mayté, Iris, Rodolfo y Raquelita a pasar el *weekend* en mi casa en Westchester. Era octubre, con esa luz espléndida de los atardeceres y el color impresionante que le da a las hojas de los árboles. Usted sabe. El sábado, después de almuerzo, Mayté y yo decidimos dar una caminata por los alrededores de la casa y a mí me dio por recoger hojas, de distintos colores y formas, para dárselas a Melissa a su regreso, dos semanas más tarde. A ella la apasiona la vida al aire libre, más que a mí, y se estaba perdiendo su época del año favorita. Mayté, al verme agacharme para recoger las primeras, comenzó a ayudarme, escogiendo las de colores más brillantes y variados y bordes sanos. Muchas llegan a la tierra estropeadas o han sido pisadas. Calladas, pasamos horas coleccionándolas. Al oscurecer, teníamos muchas más de las que yo había planeado juntar. Sentadas a la orilla del camino seleccionamos las más hermosas y dejamos allí amontonadas las restantes. El final del día brillaba entre los pinos y el aire era más fresco de lo que supusimos sería cuando salimos de casa, sin pensar demorarnos tanto. Hicimos el regreso de prisa para aliviar el frío. Guardé con cuidado las hojas entre las páginas del diccionario de María Moliner. Para tantas, necesité un libro grande. Las olvidé hasta que transcurridas dos semanas Melissa regresó de viaje, ya en noviembre, cuando todas las hojas se habían caído. Recordé las guardadas por mí entre las páginas del diccionario. Y al sacar la primera, de un naranja casi rojo cuando la levanté del sendero y que ahora era de un carmelita rojizo, recordé con nitidez de escena de película cinematográfica, la expresión de contento de Mayté cuando la encontró, perfecta, sin un solo astillado en los bordes. Y cada vez que

emovía una hoja del libro recordaba a Mayté, y yo no recogí las
hojas para eso, sino para que Melissa supiera que la tenía presente en su ausencia y que la quería. Pero yo veía, cada vez que aparecía entre las hojas de papel una nueva, de árbol, las manos de
Mayté al entregármela, cómo brillaba el sol en las incipientes ca-
nas de su pelo oscuro cuando se agachaba, nuestro descanso al
borde del camino para escoger las mejores.

Entregué las hojas a Melissa, que las recibió deleitada, sobre
todo por mi atención de haber recordado algo que ella tanto apre-
ciaba, aún cuando para mí no era de igual importancia. Eso es
verdadero amor —dijo. Sonreí y la besé, pensando que cada vez
que viera las hojas que recogí para Melissa, pensaría en Mayté.
Ahora el recuerdo venía espontáneo, sin buscarlo, sin sentarme
en la misma butaca y en la misma posición que habíamos compartido, como hacía para retener su presencia en los días que siguieron a nuestro rompimiento.

Aquel incidente perturbó mi certeza de haber encontrado la
relación definitiva, pero aún tenía mi vida bajo control. Los sueños, las fantasías, los recuerdos, son incontrolables e inapresables.
La conducta es otra cosa.

Meses después, ya era primavera, un viernes Iris y Rodolfo
nos invitaron a un café en Houston y la avenida D, donde toca-
ban unos músicos cubanos. Es un lugar un poco cutre, como dicen los españoles, casi sin luz, medio ruinoso, en el que se reúnen
músicos latinos y negros americanos a descargar. Aunque Melissa
por lo general no va conmigo a lecturas de poesía ni a conciertos
en Español porque no los entiende, como era música, se embulló
y fue. Llegamos temprano para coger una mesa, y me senté frente
al pequeño escenario. Al comenzar los músicos a tocar, frente a
mí quedó el de los tambores, un hombre más bien alto, de raza
indefinida como casi todos nosotros, con el pelo largo recogido
hacia atrás en una trenza. Yo nunca bebo y me había tomado dos

copas de vino. Eso debe haber ayudado, y el principio de la primavera. El sol salía a diario, los árboles olían a nuevo y el invierno había sido largo. El hombre tocando y yo, sentada en un plano más bajo que la platea donde se encontraba, empiezo a detallarlo. La fuerza de las manos sobre los tambores, la forma en que llevaba el compás con el movimiento de las piernas, el músculo del interior del muslo derecho. Emanaba una energía que me hizo concentrarme en él, y empezó a molestarme su presencia, sus movimientos, su mirada fija en la nada. Un típico macho latino —pensé— y sentí deseos de abofetearlo, pero no podía dejar de mirarlo. Y de momento me pregunté por qué aquella rabia contra quien no se había metido conmigo, ni sabía que yo existía siquiera y como hipnotizada me dije que podría acostarme con él, es más, con muchísimas ganas me acostaría con él. Y sonreí ante el desatino. ¿Puede usted creer que cuando termina de tocar viene hacia nuestra mesa, nos saluda, se sienta al lado mío y termina invitándome a salir y yo aceptando? Allí mismo, al lado de Melissa que hablaba con Iris, con disimulo me invitó a verlo al otro día a las ocho en su casa. Y yo acepté, y fue la primera mentira que le dije a Melissa. Le dije que tenía una cena de trabajo y que iba a llegar tarde. Tarde llegué y con el culo adolorido. La besé y me acosté a su lado, desconcerta ante mi conducta.

Ricky, que así se llama el músico, vive en un apartamento frente a Tompkins Square Park. Es casado, pero su mujer, una cantante venezolana, andaba de gira por América del Sur. Me dijo que se acercó a la mesa atraído por mis ojos, lo que no sé cómo pudo ser, no pensé que podía verme desde el escenario porque las luces estaban enfocadas hacia él. Dice estar acostumbrado a ver a contraluz y yo estaba muy cerca y lo miraba con mucha intensidad. Ya todo era tan extraño que no repliqué. Qué más daba. Nos metimos en la cama casi enseguida. Romance no hubo mucho, más por culpa mía que por la de él. La verdad es que me entró un arrebato con el tipo que casi no pude concentrarme en los talleres aquel día, soñando con el encuentro. Contrario a la fuerza que despedía en la actuación, su hablar era suave y sus gestos contenidos, pero en la cama, lentamente renació el que tocaba los tambores y de repente, acostada boca arriba yo, él arrodillado entre mis piernas, me agarró por debajo de los muslos para levantarme ligeramente de la cama y me di cuenta que intentaba un coito anal que yo no había incluido en mi programa. Se lo dije, pero no escuchaba, estaba fuera de sí, los ojos mirando a la nada, igual que delante de las congas. —Va a violarme—, pensé. Era inútil resistir, iba a hacerlo de cualquier manera y en el forcejeo saldría lastimada, sabe Dios de qué forma. Cerré los ojos, abrí las piernas y aflojé el cuerpo, lanzándole sin abrir la boca, cuanto improperio una cubana del barrio de Los Sitios, en iguales condiciones, le habría lanzado:

—Hijo de puta, mamao, me cago en la resingá de tu madre.

Me penetró y las caderas parecieron abrírseme, y lo maldije desde lo más profundo de mí, pero un instante después, sin buscarlo, ni esperarlo sentí acercarse un orgasmo avasallador que traté de contener sin éxito.

No supe de él hasta un mes más tarde. La mujer estaba de viaje de nuevo y me invitó a salir. Le dije que jamás, que era un salvaje.

—En la cama, viniéndote, no me llamaste de la misma manera.

—Es verdad, pero ahora, desaparece de mi vida.

Ricky vivía en un piso alto, y bajando en el elevador la noche famosa me dije que este incidente era una réplica del de años atrás con el cocinero del restaurante. Mi vida de ahora era muy diferente a la que llevaba con Jerry, por aquellos tiempos, pero al parecer también había en ella unas grietas por las que se colaba la insatisfacción. Y pasé dos meses cavilando y comencé a llamar a Mayté con más frecuencia y a invitarla a tomar café o a comer sushi, las dos solas. Y ella aceptaba y hablábamos de Raquelita y de Ana Gabriela, las dos viviendo aparte ya, y comentábamos de cine y discutíamos sobre Cuba, porque sobre eso pensamos parecido, pero no igual, y criticábamos los cortes en el presupuesto para la educación y el aumento indiscriminado de los alquileres en esta ciudad, que eso las dos lo vemos igual. Pero no hablábamos de nosotras, como si lo nuestro no hubiera sido. Hasta el día que cayó la primera nevada del invierno pasado. Por la mañana, mientras tomaba café en la cama me dije, sin venir al caso: ¿Y si le cuento a Mayté cuánto la extrañé cuando se fue, cuánto lloré? Si le digo cuántas formas inventé para mantener nuestros ritos de la mañana y no olvidarla, si le digo que nunca he hallado un olor por el que viajar hasta el centro de mí misma como el que encontraba entre sus piernas. ¿Y si le digo?

Siempre he pensado en los momentos de encuentro fundamental conmigo misma como en ríos a los que he llegado, cada vez más hondos. Aquel veinticuatro de junio fue el primero, el día del restaurante el segundo, mi desconcierto ante la relación con Mayté el tercero, el cuarto, Ricky. Atreverme a decirle que casi muero cuando me dejó, sería el quinto. El cinco representa el alma humana. Así como la humanidad está hecha de bien y mal, el cinco es el primer número hecho de un par y un non, leí en uno de mis libros esotéricos. Cinco son los sentidos. Es el número del amor y se asocia con el alma humana, el número de Ochún. Tal vez... Y mi soliloquio sentimental sonaba a melodrama, pero no me importó. La misma gente que encuentra el amor ridículo se matan y mata por celos, igualito que en las películas mexicanas de los cuarenta y que en las radionovelas que escuchaba mi mamá cuando yo era niña. Y pensé que yo había sido valiente para hacer muchas cosas en la vida, muchas, pero si era capaz de mostrar mi corazón por adentro, así, mi corazón, que era en el centro del pecho donde me dolía cuando pensaba en ella, si era capaz de decirle, si era capaz, ése iba a ser el acto más valiente de mi vida y esa confesión era la única oportunidad que tenía, aún sin seguridad, de que no iba a meterme de nuevo en la cama con desconocidos que me rompieran el culo ni a atracarme de chicharrones grasientos que me subieran el colesterol.

Y se lo dije. Sin pudor, sin contenerme, como se lo estoy contando a usted ahora. Le dije que cuando se fue me quedé con el corazón destrozado, que me sangraba el alma cada vez que contemplaba el rincón del cuarto que decoramos entre las dos, que al partir sentí que cancelaba mis ilusiones para siempre. Y para sorpresa mía, ella, tan contenida en sus emociones, empezó a sollozar y entre jipido y jipido también dijo un montón de ridiculeces. Nos fuimos a la cama y a pesar de los años que habían pasado desde la última vez, todavía era la que más rico olía. Al levantarnos me advirtió que no se mudaría de su apartamento, pero que si yo me mudaba al de ella podíamos grabar un mensaje doble en la máquina contestadora. Le contesté que me mudaría al de arriba de ella, vacío en aquel momento, que también tiene cinco ventanas del mismo lado. Al cabo de tantos años, algo debía haber aprendido. Nuestra relación tenía un chance de durar si éramos capaces de mantener límites.

Anuncié el reestablecimiento de los talleres de sexualidad. Si una quiere triunfar en la vida debe ponerse a tono con los tiempos y la coyuntura histórica que le tocó. Con todos esos shows de televisión donde la gente hace dinero de sus peores lacras, contadas sin ningún recato, muchas de ellas inventadas, y viviendo en este país donde me ha tocado vivir, con un gobierno que lanza a los cuatro vientos los gustos y disgustos del presidente de la nación en la cama, Cristo ¿qué importancia tiene que a mí me guste oler a una mujer después de haber estado tres días sin bañarse? ¿Y sabe que los talleres tienen más éxito que nunca desde que se me ocurrió llevar a Mayté de vez en cuando a dar su testimonio? Ha sido tan apoteósico, que invité a Ricky para una presentación el mes que viene. A Verónica, su esposa, le pareció fantástica la idea y se brindó a venir también, para que el público tenga su perspectiva. Ahora sé que tienen una relación fluida, es decir, se acuestan con otra gente, juntos y por separado. Esa parte no me interesa sacarla a relucir en mis talleres, pero sí estoy haciendo gestiones para traer al muchacho del mofongo con chicharrones, que me dijeron se casó y vive por Mount Vernon.

Ahora me tengo que ir. Pero antes voy a hacerle una pregunta que tengo ganas de hacerle hace años, y no tiene que contestármela ahora. Si algún día quiere, llámeme. Yo sé que usted e Iris son amigas. Ella es una de las personas más serenas que conozco, siempre con su marido, su hija, su trabajo y sus amistades. Rodolfo está ajeno a la amistad con usted porque ella discretamente me ha dejado saber que no comente que yo sé que se conocen. ¿Cómo se conocieron?

SONIA RIVERA VALDÉS es escritora y profesora de Español, Literatura, Cultura Latinoamericana y Estudios Puertorriqueños en York College, en la Universidad de la Ciudad de Nueva York (CUNY). Por más de veinte años se ha dedicado a promover la cultura cubana y latinoamericana en los Estados Unidos.

Actualmente preside la organización cultural Latin Artists Round Table (LART), radicada en Nueva York. Ha publicado ensayos y artículos de periódico sobre literatura del Caribe hispano y sobre la problemática de la inmigración, desde su perspectiva de cubana. Sus cuentos han sido publicados en antologías y revistas literarias y traducidos varios idiomas. En enero de 1997 su libro Las historias prohibidas de Marta Veneranda ganó el premio de Casa de Las Américas de La Habana. El libro, además de las ediciones de Cuba, fue publicado en España y Seven Stories Press (New York), lo publicará en inglés y en español, en la primavera del año 2001.

Sonia simpatiza con las debilidades humanas y no deja de asombrarse ante la falta de conocimiento que tenemos de nuestras necesidades más profundas, las que mueven los deseos y determinan las mejores y peores acciones. Algo de esto ha tratado de captar en Las historias prohibidas de Marta Veneranda.

# Contenido